パイロット領事

——祖国を、邦人を護れ——

大地秀則
OCHI Hidenori

文芸社

航空自衛官の密かな夢
死神にも見放された
その道に光は射すのか

はじめに

ここに登場する主人公となる私は、航空自衛官の約三パーセントを占めるパイロットのうち、戦闘機操縦という職務上の特技を貫くことができた人物です。搭乗機種は、F－4ファントムなどの戦闘機に約三千時間、そして操縦教官として務めたT－4などの練習機を含め約四千五百時間の飛行実績で、赤道上を百回以上も周回する距離を飛んだことになるベテラン操縦者に入ります。空自パイロットは一般自衛官とはまったく別な採用枠で育まれ、私はその内の高校卒から入隊する『航空学生』出身であることを見逃すことはできません。

空自のパイロットは幹部自衛官に属し、大きく分けて、ほぼ定年退官に至るまで飛行部隊に配置されて活躍する専門職操縦者、他方は四十歳前後から各級指揮官やそのスタッフ（幕僚）を経歴しながら有事に備えて飛行訓練を行う管理操縦者で、どちらも個人の希望や職務上の適性が加味されて決まり、主人公は後者のグループに入ります。

まず、自衛隊のパイロットという職種の一つの特徴は、安全を最優先する民間航空と違って、国の安全を護るために危険を顧みず戦う操縦士であることです。因みに同期生では、適性検査に合格して飛行訓練を開始した者のうち、退官まで務めることなく残念にも志半ばで殉職されたのは一割の五名にも上り、幸いにも墜落等の大事故から生還した者がほかに何名もいるのです。彼らが生死に関わる空中任務に勤しめる支えは、その職種が人々に一種の憧れを抱かれ、それに応えようとする誉れと使命感にあると思います。

陸海空の全自衛官に共通しますが、階級の世界ではその章が地位と職責をはっきりさせ、上位者は特に多くの部下隊員の命を預かる重責を担います。

また、定年がほぼ五十五歳基準で、その他の公務員や一般社会とは大きく異なります。刀を持てなくなった、生まれながらの剣士は一体何を求めて生きていくのでしょうか。

本著のタイトルが示すように、パイロットの多くがその後半に歩む道から逸れてでも、自分らしく生きる挑戦を続ける主人公とともにロマンや葛藤に触れていただき、その職歴や行動のすべてが事実である自伝メッセージとして、猪突猛進ともいえる冒険人生をより多くの人々に楽しんでいただくことを望んでいます。

なお、拙著は現実性を保つため各界の専門的用語も敢えて含め、また筆者の手記と記憶のみから綴っておりますので、数字や政経、社会的な時代背景などについての客観性についても併せてご容赦願えれば幸いです。

目次『パイロット領事』

第三章　個人と社会の安全……75

第四章　剣士の奮闘

第五章　パイロット領事

プロローグ

「領空には絶対に侵入させない！」

宇宙服に身を包み、時速二千五百キロで空を翔ける。赤外線追尾ミサイルを装備したF－104J超音速戦闘機は遥か高空の目標をレーダーに捉え、天に向かって翔け昇る。生命が存在し得ない成層圏を遥か高く遠くへと。

薄暗い空と丸みを帯びた水平線だけが視界に入る。人類の月面への到達以来、空の脅威は限りなく高く、速くこの国に迫ってくる。

単座戦闘機パイロットは宇宙をたった一人で漂う無限の自由との引き換えに絶望的な孤独を実感する。機外は気圧が極めて低く、一瞬で血液が沸騰する『スター・ウォーズ』の世界。バイザーの奥の眼光はこの任務の成功と同時に、人間としての生への強い執着も訴える。

最前線部隊に配属されたこのパイロットは音速の二倍（マッハ2）で天空を翔け上がりながら、恐怖心を本能的に払拭するためか、ふっと戦闘機パイロットに憧れたあの頃に思いを馳せた。自らが選んで全力で邁進したのはただ一つ、このジェットファイターへの道だった。

第一部　音速

第一章　運命の訪れ

一九四九（昭和二十四）年、兵庫県姫路市の北部、山間にある旧地主農家の長男として私は生まれた。農作業使用人が起居していた小さな一角が残る広い屋敷に住み、身分制度が残る暗い歴史の一面も聞かされていた。

世代的には「団塊《だんかい》の世代」の末に属するが、生まれる四年前に大東亜戦争（俗に太平洋戦争）が終わり、占領軍の政策に基づいて財閥の解体や農地改革をはじめ、社会のシステムが大きく動いた。世の中には戦争の爪痕が至る所で見られ、物は不足し、自由に仕事を得ることは叶わず、街にいる男も女も、生きるために喘いでいた。

幼児期の私は、旧農家独特の家長制度の残る一種の封建的な家庭で、農作業に追われる父母よりも、花柳界上がりで後妻だと聞く祖母に接する時間が長く、よく甘えたそうだ。「ものを頂く時は並んだものを順番に、それも小さい方から頂戴すること。大きくて良いものは最後に頂けばええ」

敗戦後の食糧難で甘味の不足する中、食べ盛りの幼少期にこんな難しい躾《しつけ》も頂戴したが、祖母には素直に従えた。

また父は、終戦十年後のこの時代に、米国への農業研修のため一年間も長期不在しており、それをよいことに理不尽な輩たちが来訪することがあった。そんな時、家族を護るために片膝を立て、キセル片手に筋の通った啖呵を切る祖母の姿が目に焼きついた。平素は物静かで風にでも飛ばされそうな小柄な痩せた老女が、いざという時には物事を解決し、巨人のように家族を護った。私は、そのような祖母に対し、言葉にはできない特別な想いを抱いており、責任を果たすこと、誰にでも勇気が必要であることを学んだ。

決して学業が好きなわけではなかったが、生来の負けず嫌いもあって、田舎の学校ではできる方だったと思う。大好きな体育の中では、特に徒競走と球技が得意で、プロ野球の選手を夢見ては、中心的存在となって励んでいた。

消え去った初恋

中学に入ると同級生のライバルができた。それは隣の小学校から合流して来た中山君で、同じ野球部員だった。格好がよく、勉強がよくできて、何事にも頑張る立派なやつで、いつの間にかライバル意識を持つようになった。彼の活動や活躍が気になり、早くもレギュラー捕手に抜擢された彼を嫉妬しながらも、早く投手としてレギュラーになりたいと頑張れるほど、私の中で彼の存在は大きくなっていた。

やがて彼とバッテリーを組み、地域の大会を勝ち進んだ。校内の対抗競技ではタスキやバトンを繋ぎ、学業でも上位を争った。少年期に親しい友から受ける影響は大きい。

一方、中学三年のクラスが新しい顔ぶれで始まって少したった頃から、転校してきた一人の女子生徒が気になってきた。先生に当てられて教科書を音読する時、彼女の視線が気になった。うまく読めなかった時は、死ぬほど悔しい思いをした。

その時代は、「交換日記」という言葉が流行歌の歌詞になっていた。夏休みの宿題の日記さえも三日しか書かなかった私だったが、ある日一枚の紙に、

〔君が転校してきて同じクラスになってから、とても励みになっている〕

と書いて、彼女の机の中に目立つように置いた。そして、翌日の朝一番に私の机の中に封筒に入ったメモを見つけ、ときめく気持ちでそっとカバンにしまった。

そこには、

〔転校したばかりなので驚きました。でも、とても嬉しい。頑張ろうね〕

そんなほのぼのとした内容であった。

その後も毎日のようにメモを交換したが、そのうち、まとまった重みのある内容で自分

の思うことを何でも書き、教室での交換ではなく、郵便で二週間に一往復するようになっていった。淡いやり取りだったが、気持ちはよく通い、彼女との文通が特別な世界となっていった。自分でもこういうことは晩生と思う私だが、適度にリードされながら精神的にも育まれていくのが心地よく思えた。僅かな自尊心も生まれ始めた。このやり取りには邪心や後ろめたい気持ちはまったくなかった。彼女とのやり取りのお陰で自分は成長しているのだと思っていたからだ。

何カ月か経った頃、気持ちを精一杯込めた手紙に返事が来なくなった。再び書いても返事は来ない。教室で顔を合わせても、いつもお互いの悲しい顔があるだけだ。しばらくペンを走らせるのを止めて冷静になろうと努めるが、苦しい気持ちで胸が張り裂けそうになりながら月日は経ち、お互いの距離は開くばかりで、いわゆる自然消滅となってしまった。

ある日、母親の鏡台の引き出し奥に、開封された彼女からの手紙が三通隠されているのを見つけてしまった。

「返事は来ていたのだ、何度も……」

信じられない状況に私は大きなショックを受けた。母親には手紙を隠すのではなく、一言でも意見を述べ、筋を通して諭して欲しかった。私たちは学業も部活でもやることをちゃんとやって、紙の上で淡い気持ちを伝えあっているだけ。ただそれだけなのに。

この種の話題で母を責める体裁の悪さと、母とはこれまでも話題の焦点が噛み合わず、決着の付かない口論が万事であったことから、将来的にも解決は難しいと思った。これは田舎の封建的ともいえる親の絶対的な地位のためではなく、人の問題だと思った。

このことの他に、生活の中で穏やかではない家計の事情を母が父に話す姿を何度も見ていた私は、両親に金銭的苦労や進路選択などの相談をせずに、早く独立したいと思うようになっていった。子供には何を言っても、何をしても構わないという親の浅はかさに驚き、生涯にわたってこれを反面教師とし、二度とこのような理不尽な経験をせずに済む将来の進路を模索し始めた。もはや親に甘えることも頼ることもしたくなかった。希望や夢を語るのも惜しいと思った。戦前は地主の家系でもあり、田畑が多いことから、家を継いで専業或いは兼業農家を営むのが当然であるような環境で育ったが、農業に専従する将来は考えられず、この田舎に残りたいと思う気持ちもなくなった。

一方で、自分の人生は大事にしたいし、ライバルと築いた向上心は絶対に犠牲にできないと思った。既に視野に入れていた平凡な高校・大学生活への想いは、選択肢の一つにもならなくなろうとしていた。

このような捌《は》け口のない、無言の抵抗であるからこそ、私の気持ちは内面で荒《すさ》みに荒んだ。級友たちとの普段の会話にもあまり気持ちが乗らず、まったく違った世界に行きたくなった。しかし、世の中にどんな生き方があるのかもよくわからなかった。

ライバルの中山君は私のような道草はせず、一直線にクラブ活動から高校受験に取り組んでおり、彼とは波長の違う話は恥ずかしくてしたくなかった。また、弱い面は誰にも見せたくなかった。

愚かさによる救いようのない親子の確執はもう誰にも相談できず、何をやっても気持ちは晴れなかった。仲のよい飼い犬の親子が、自分の家族より遥かに次元の高い存在に思えた。

「家庭って何や。家におりたくないけど、負け犬にはなりたくない……どうしよう」

心で叫び、悩んだ。時間が経ち、日が過ぎるのが遅く、私の胸は霞がかかったままだった。このような家庭の問題を忘れる手段として、高校入試に備えた勉強に打ち込めるのは好都合だったが。

中山君とともに姫路市内の進学校に進んだ私は、受験生活からの解放感と待望の想いから、合格発表の翌日には早速野球部を訪れて練習風景を見せてもらった。顧問の先生と主将の指示で学生服の上着を脱ぎ、座って構えた捕手に三十球ほど全力投球した私は、三日後の春季公式戦の先発を務めることに即刻決まってしまった。当日は連続試合が組まれており、エースの投球数を減らすための起用ということだった。

高校の野球部員として硬式球に握り替えたばかりの私は、入学式を待たずに公式戦のマウンドに立ち、完投してチームは無事二回戦に勝ち進んだ。

入学式を迎えて一年生数人が入部し、彼らと初めて顔を合わせた数日後、私は同窓の五人から昼休みに人気のない校舎裏へ呼び出された。

「お前のその態度は何や！　そのでかい面を俺らは赦《ゆる》せん。痛い目に遭わしたろか！」

ヤキを入れようと彼らは私を取り囲んだ。仲間への横柄な態度などまったく身に覚えがなかったが、公式戦で既に存在感を見せていたことで多少は図に乗ってはいた。しかも、気ままな投手気質に加え、自分が自己主張の強い、妥協の難しい人間であることは何となく自覚していた。そして私は、暴力や争いが嫌いだった。

「俺、そんなつもり全然ないわ！　……すまん」

私は言葉少なに軽く会釈して、彼らに背を向けて教室に戻った。その後はこのことをあまり気にかけず、一年生部員としての務めに励んだ。

夏休みに入り、夏の甲子園大会県予選に敗退し引退する三年生を労う茶話会が開かれた。私たち一年生は、スーパーへ買い出しに出かけた。ペットボトルのない時代、ジュース類は小瓶のみで、量のわりに値段も高く、部員が出し合った僅かな小遣いでは十分な量の弁当や饅頭、菓子類が買えなかった。その場の雰囲気か、初めから計画的だったのか、菓子コーナーで万引きをする運びになってしまったのだ。

私は恐ろしいほどの抵抗を感じたがそれも一瞬で、次の瞬間、私を校舎裏に呼び出したあの首謀の手サインで、監視とフェンス役の罪を犯してしまったのだ。店を出て自転車に乗って逃げきっても、「退学」の二文字が頭から消えなかった。悪事を拒否し、「こんなこと止めよう」と是正させることができなかったのは、首謀の面子を潰し、退部の覚悟もできなかったからだと後悔した。

この出来事で自分の勇気と、道徳性の乏しさを恥じた。これからは周囲との安易な迎合をやめ、どんな時も自分の判断と責任で生きて行きたい。部活動の仲間との信頼関係こそが中学時代では宝になっていたが、ここでは難しいことになった。活動ではチームメイトとして共に動いてはいたが、精神的には一線を引いて自分を律し、守らなければならないという二人の自分を演じることになったのは辛いことだった。加えて、進度の速い高校の授業との両立は、中学のようにはいかず、苦しくなった。

具体的な目標を持てずに足掻いている私を見て、将来を心配する父の叱咤が飛んだ。父のこの時の激昂の裏には、父による自分の生い立ちと私の現実の対比があることを私ははっきりと感じた。

それは母から聞いて知ったのだが、何れ父から聞こうと思っていたことだった。

私は、甲子園への夢を大切にしながらも投球に伸び悩み、外野手の練習もさせられた。好きなことと技術の成長は必ずしも一致しない辛い現実を認めながら、学習との両立も目指していた。親身になって励ましてくれるのは中学時代からの友の中山君だけで、野球部での私の心技の成長と、大切な学業との両立の面で苦しむ私の葛藤を見抜いてくれ、熱い言葉をかけてくれた。

家庭に経済的な負担をかけない進学と、納得できる将来の就職を併せ持つような進路としては、この時代では技術職に繋がる国公立大学理系の進学を外すことはできなかった。辛いが私は睡眠時間を減らして学習時間を確保し、校内上位成績を目指した。

運命の爆音

高校二年生の夏休みが終わった初秋、体育の時間で校庭に出ていた時、上空を低空飛行で二機のジェット戦闘機が「ド　ドーン」という落雷のような爆音と、排気煙を残して疾風のように西方向に翔けて行った。それは二年前のオリンピック東京大会の開会式で、空に五輪のマークを描いたあのＦ86戦闘機だった。みんなは耳をふさいでいたが、私にはそれは決して騒音ではなく、その薄黒い排気煙を引いた鉄の塊になぜか親近感を抱き、別世界のものとは思えなかった。

大東亜戦争敗戦後の日本の国家としての足取りに対し、韓国独立後初の大統領となった李承晩《りしょうばん》が主権保護のため海洋境界線として『李承晩ライン』を設定し、これに進入したとして、延べ四千人近い日本の漁民が拿捕・抑留されたという事実を、少年雑誌で読んで知っていた。敗戦後の国際情勢とはいえ、私には物悲しく悔しい思いが残っていた。

世論は、国民の安心のためにも国家の主権は主張し、保護しなければいけないという風潮にもなっていた。今飛び去った戦闘機の乗員は、空の防波堤を務めている防人だと、それを現実の姿として捉えることができた。実物を身近に見ることのインパクトとは、これほど大きいものなのだ。立派な仕事をしている人たちなのだと、敬意と憧れのようなものを感じた。素晴らしい、求めていた男の世界がそこに存在することに気付き、胸が膨らんだ。でもこうも思った。

それはそれとして、私の進路は、まずあの大学に入ってからだ。

高校三年生の後半、いよいよ目標にしていた大学受験が始まった。私は、将来の進路と考え始めた技術系にも焦点を合わせた理系コースを選択しており、祈る気持ちで出願した。科目数の多い二日間の試験に実力を出し切って、合格発表を待った。配点の最も高い数学が心配だったが、この大学への入学の想いは特別に強く、自分なりに頑張った。大学では理工学部であっても、好きな英語は存分にやりたい。

二週間後、郵便配達人が自転車で届けた合否通知を受け取った。

「…………………不合格」

「ああっ……………」

体が固まり、視野は滲んで縮まり、冷たいものが背中から流れ落ちた。

これで本命一筋への望みは絶たれた。入試の厳しさを初めて知る以上に、運命の悪戯を意識した。それほど自分の進路に直結したこの大学入学にこだわっており、叶わなかったことで、高校生でありながら自分の運命が大きく動くのを直感した。

一方、親友の中山君は、目標の工業大学に合格した。当然の報いであると、私は心で彼を祝福し、この一、二年を思い返しては絶望の淵で自問自答した。

中山君との努力の差なのだ、それに大学受験への心構えも……。決して高校野球を悪者にはしない。自身の将来と引き換えにしてしまった、あのグラウンドで費やしたエネルギーと時間、甘くなっていた受験への危機感を悔いる。大変な不覚を取ってしまった。

少年期の私には、家庭の事情と自身の熱望を受け入れる他の進学選択肢など頭になく、しばらくは唾を飲み込むばかりで、食事も喉を通らなかった。

私の本来の目標ではなかったが、受け皿として近県の私立外国語大学英米学科に合格はしていた。また、防衛省（当時は庁）からの『航空自衛隊航空学生』合格通知も受け取っていた。あの戦闘機乗員への入り口の一つだ。依然として目標の大学にはもう一年頑張っても合格したいと思う気持ちは強かったが、航空学生の入隊承諾期限と着隊日程が迫っている。

学科試験だけでなく、職業パイロットとしての航空適性検査と第一種航空身体検査に現に合格している。将来的には価値のある検査結果で、仮に受験し直す大学の卒業時に、身体を含めた適性試験にも合格できる保証はどこにもなく、しかも大卒パイロット枠は極めて狭い。年齢を重ねると、その可能性は大幅に低くなる。

一般の航空自衛官にはパイロットへの入り口がなく、高校からは必ず『航空学生』という航空自衛隊の特別な任用種目に合格しなければならない。この課程では理系の教養に加えて英語を二年学び、その後から操縦教育が始まる。『事業用操縦士（飛行機・回転翼航空機）』の国家資格取得を条件（この当時は公的資格の適用外で、独自の審査基準で資格付与された）に、六年間で幹部候補生課程を含めた教育が終わり、幹部航空自衛官（三尉）に昇進するという制度だ。専門性が高く、（短）大卒という学位取得には認定されないため、学歴面で実に苦渋の選択を強いられる。昨今は学歴社会だというのに、特に職業パイロットになるためには、官民のどの道でも二十歳前後にはその進路上にいなくてはならない。

私はこれまでの気持ちのすべてを整理し、ついに、あのジェットパイロットになりたいと決心した。私の進学を誰より期待していた思慮深い父親にもやっと理解してもらえた。私の適職と思い、任用制度について既に独自に調べ上げた父は、

「頑張れば中佐（二佐）の（飛行）隊長にはなれる！」

軍歴のある彼は、大隊長の中佐の下に命を預けて生き残り、立派な指揮と骨肉の情を受けた想いを語ってくれた。国を護ることは昔も今も変わらず大切で、「まずそれが務まる男になれ」と言っているようだった。私の悩みと決心を大切にしてくれた父に感謝する。


父芳之は五人の兄弟、姉妹の長男として旧家に生まれ、名門の旧制姫路中学二年生の時に事業に行き詰った父の病死が原因で、莫大な借財と幼い妹弟養育のために、将来の技師に憧れ旧帝国大学工学部進学を夢見ながら、無念にも中学を中途で退学した。家族を生かすためには他に方法はなく、彼は泣いて学校を去った。

まだ十代前半の少年であった父は農業に専従。そして徴兵で出征し、復員した。その間も小作農と農夫を雇い入れ、収穫益を借財の返済に回しながらも、利息より更に大きな収穫益を生む農地を増やし続けた結果、ハイパー・インフレ（大戦後三年間続いた通貨膨張）により農地購入を含めた借財を苦もなく完済するという幸運もあった（後年、その土地の多くを小学校の増設に寄付した）。

父は将来を期待され二十代で区長、地方議員を務めたあと、県主導の農業視察・実習のメンバーとなり渡米。帰国後は皮肉にも専業農業に見切りをつけ、大手製鉄会社に就職して後年は管理職に就いた。享年七十四歳。私の航空自衛隊在職中に周囲に惜しまれて他界した。

父は自分が叶わなかった大学・技術系への夢を語ってくれたが、一人息子の私に自由な挑戦をさせてくれた。しかし、私がその道に進めるかどうかはまだわからず、しかも実現するのは遠い先のことだった。

高校生の頃の筆者

第二章　パイロットコースへ

麗しき祖国を守り　翼連ねんその日まで
胸に誇りの猛き鷲《わし》　力を競う雲の果て
ここに結び誓わん　われら航空学生

一九六九（昭和四十四）年四月、私は第二十五期航空学生として、福岡県にある航空自衛隊（以下「空自」という）芦屋《あしや》基地の航空学生教育隊に入隊し、全国から選抜された同期生九十名とともに入校式を迎えていた。濃い空色の航空自衛官の制服に、特別な鷲の記章を左上腕に付けた仲間たちと、覚えたての「航空学生の歌」を合唱しながら、一年前の辛い出来事を思い出していた。

実は一年前にも、高校を卒業しこの入校式を目前に胸を膨らませていた私がいたが、その直前に再度行われた身体適性検査で鼠径《そけい》ヘルニアを指摘され、不合格と判断されてしまったのだ。

私にとっては初めての股間の検査であったことから、不合理を主張した。

「なぜ、前回の二次試験でこの検査をせず、着隊した今になって指摘するのですか！　もう私には後がないのです。どうにか入校後に治療することで、認めていただけませんか？」

そう懇願したが、次に控える飛行適性検査にて重力加速度に耐え切れず致命傷になる危険があるとの理由で、要求は通らなかった。

　胸の張り裂けるような思いを抱えたまま、重い足取りで帰省した。どう報告しようかと居間に座っている父を見つめていたところ、父は静かに言った。

「そんな予感がしていたところだよ。これからの一年を大事にしなさい」

　私の『パイロット』への夢は更に強くなり、手術にてヘルニアを根治し、再度孤独な受験生として過ごした後、晴れて今、この舞台に立つことができた。


　この頃の社会は、終戦後の日米講和に伴う日米安全保障条約の平等性を主張した改定、そしてその十年後の更新に際しての是非に世論が割れていた。学生運動激化のため東京大学の入学試験もこの年は行われなかった。

　国の防衛力としての自衛隊の『合憲性』が問われる渦中の進路選択でもあり、これからの自分に十分に予期される社会の自衛隊・自衛官への心理的冷遇に揺るがず耐えなければならない、そう思った。

　それは自分自身がよく耳にしていた組織に対する政治的、思想的な批判の目であり、個人には自衛官の知性を蔑視するような言動だ。私服外出が許されない私自身もそのような非礼な言葉を何度か浴びせられたが、堪《こら》えることができた。他者に対する言動によりその人物の度量が見えてくる上に、この制服に向かってのコメントに過ぎないと冷静に捉えることができたのだ。同じ国を護る職務にありながら、旧海軍兵学校の生徒や飛行予科練習生の制服姿を多くの人々が称えたという時代とはこうも違うのだ。あたたかい励ましを受ける時が何れは来るのだろうか？　それとも、今の社会の冷遇に負けない自身の使命感を育むしかないのか。

適性検査

全寮制で数人の相部屋。同室の二年生は入校一年目に実機に乗っての適性検査（実機による適性検査は危険を伴うため、自衛官になってから実施された）の結果約半数になっており、『合格』の学生だけが残っていたのだ。その期の採用試験を含めた最終倍率では、百数十倍という狭き門になっており、私はまだ将来の進路が決定されたことにはなっていないのを実感した。

宿舎から教場までは隊列を組み、松林に沿って三百メートルほど歩く。数学は高校の数学Ⅲの微分・積分の復習から発展へ。英語は米国空軍の語学機関で開発されたオーラル（音声）教材を中心に。物理は運動の法則から熱・流体力学、航空力学へというように専ら理系教科を三コマ（九十分授業が一コマ）学ぶ。午後の後半の一コマは教練（軍型ドリル）、持久走、武道（剣道、銃剣道）、防衛学（戦史、講話など）など体育系が主で、心身を鍛えるのである。

夕食と入浴を合わせて二十分くらいで済ませ、再び教場での自習時間となり、延灯は申請で十一時まで可能だったが、誰もが集中して効率よく学習し、雑談などの余裕はない。起床は六時のラッパで飛び起き、二分で数枚の毛布とシーツの耳を揃えて折りたたみ、直ちに点呼集合。上半身裸体で竹刀の素振りや腕立て伏せと二キロ程度の駆け足。居室に戻れば、綺麗に揃えて折りたたんだはずの毛布がマット上に崩されている。上級の指導学生の基準に及ばなかったということなのだが、こうなると朝食、八時の課業開始までの時間が更に短くなり、泣きたくなるほど締《し》められた。

各学科のテストは定期的に行われ、一科目でも欠点で単位を失うと学生罷免となり、パイロットへの道は瞬時に閉ざされる。週に一回の外出も、テスト前は対策に追われそれどころではない。このような生活が四年以上も続き、行き先は限りなく遠く感じられた。

六月に入ると三十人ずつ三組に分かれて、私の所属する一区隊（学級）から山口県防府北基地に向かい実際のプロペラ機に試験官と乗って適性検査を受けることになっている。採用時は地上での適性検査実施だけで、この飛行適性検査は採用第三次試験を受けるようなものだ（後に採用第三次試験として入隊前に実施されるようになった）。

短い時間で飛行機を操縦する手順、操作を勉強した。自動車はハンドルとアクセルとブレーキで運転できるが、このプロペラ機はアクセル操作だけでも離陸上昇時、水平巡航時、降下時、着陸時で吸入圧力を変えなければならず、同時にプロペラのピッチ（羽の空気を切る角度）の変更、気圧（高度）に応じた混合比の切り替え、プロペラの後流や回転のトルクが引き起こす機体への横転（横の傾き）や偏揺（横滑り）に応じてトリム（操縦舵面の調整タブ）を微妙に操作することで、ようやく機体は安定する。中でもハンドル操作は命であり、同時にこのような多くの要素を揃えなければならない。

夜の自習時間にどれだけ多くを理解し、覚え、計器点検やスイッチを正しく操作できるか。誰もが床に入って目を閉じてからも手足は動き、囁《ささや》いている。どれだけ効果的に学習し、操縦に活かせるか、その努力と能力の掛け算ともいえる。パイロットを目指し、合格を切に願う者は、ここでの戦いがどれほど厳しいものであるかに気付く。ここでは仲間に負ければ、クビになるという競争なのだ。

実地では試験官の後席に乗り込み、計四回、四日間の飛行検査を受けて、正確性、向上性、生理・精神適性などを総合的に判定され、エアマンシップの素質を評価される。私は最善を尽くしたが、会心の出来栄えには程遠く、緊張して幾つも気になるミスをした。最後まで気を抜かず、事前の準備と教官との意思疎通などはまずまずできたかなという実感だ。合格の自信はないが、意欲は十分アピールしたので結果は試験官に委ねるしかない。

合否の発表は八月に入って約十日間の夏季休暇前日に行われ、その結果次第ではあの大学受験失敗に上塗りするような失望感に襲われることになる。

適性発表

ついに発表の日を迎え、学生は名列順に呼ばれて第一組の担任教官（一区隊長）と個室で対面する。通例として『適』は半数強くらいだと覚悟している。

実機での適性検査の出来栄えからも、また自身の理屈っぽい反面向こう見ずで性急な性格などマイナス要素は幾つもある。そのため『適』は過度に期待しないことにしてきた。心の安全弁として「また目標の大学を受験できる」とさえ自分に言い聞かせた。

二回ノックをして、

「大地学生、入ります！」

と大きな声を発して入室すると、区隊長生田一尉はこれまでに見たことのない厳かな表情と、恐いほど鋭い目つきで、なかなか答えてもらえない。やっと口が開いた。

「君は『操縦コース』以上」

無表情に答えられ、私の目をまだじっと見ておられる。それは『術科コース（管制、整備等の後方分野）』に判定された者たちの分まで一生涯を命懸けで空の防人に任じよと告げられたような雰囲気で、祝福の欠片《かけら》もない使命宣告だと受け取れた。

私は一瞬戸惑った。湧き上がる嬉しさより、初めて見た一尉の厳粛な表情から、航空学生区隊長のお役目の重さとこの時の辛さは計り知れないと察した。この場で大粒の涙を流す者が半数近くいるのだ。絶望して退室する学生を見てどう思われるか。静岡大学教育学部から一般幹部候補生で入隊された区隊長には、この数分間にも教えられることがあった。

「はい！　大地学生、帰ります！」

節度をつけて回れ右し、部屋を出た。

この任用制度から採用試験は一浪までしか受験できず、十八と十九歳の若人が自分の生涯の進路として希望に胸を膨らませて入校しているのである。しかし、適性判定は努力だけで報われるものではない。一段と強くなった精神性で、他の者も覚悟を決めていると思う。

私はその夕刻、給水塔が立つ丘の上に駆け上がり、東を向いて故郷の両親に嬉しい報告をした。この適性合格結果が、希望した大学受験の心の傷を次第に癒してくれることが二重に嬉しかった。また、この四カ月は私の体内細胞も意識も世界観も造り変えるほどの出発点だった。

その夜は、一年で最も厳正な不寝番勤務（就寝時間中、年間を通して学生が二名一組で一直から六直の十二名が交代で学生舎を警備する。冬季は辛い）が求められ、教官や基幹隊員もが、居室や学生舎を見張り、トイレまで覗く。建物内には工具類や刃物類はいっさいなく、周辺の小枝も切り払われていた。航空学生とはこれほどまで夢と思いを込めた一途な若者たちなのだ。（この空自基準の判定で叶わなかった学生が空への夢を捨てきれず、海自や民間航空パイロットへと新しい道を進み成功する例は少なくないという）

翌朝、残念にも『不適』となった一人、四国出身の横田君は、故郷には帰らず、私と同じ小倉から特急列車で姫路までの切符を買い、

「大地、俺マジに困ったことになったよ。姫路まで一緒に行っていいか？」

「お前、そんなこと言うけど、家に帰るのはどうすんのや？　待ち遠しかった夏休みやないか！」

「俺なあ、何も今帰らんでも構わん。航空学生でなくなるからな」

「そうか、わかった。そんなら……」

横田君は、成り行きで一緒に私の実家に付いて来た。彼とは素直に話し合えて、面白い結末に持ち込める仲だった。しかし、私的な行動を共にしたことはなかった。彼の実家にはどのような事情があるのか。横田君は言わなかったし、私も聞かずに、大学受験時代の

話をして一晩過ごした。

彼が一人になりたくなかったことだけは確かだが、立場が逆だったら自分はどうしただろうか。常に相手の立場になって考えられるようにならなければならない。今回の横田君のように耐えることができたか。数学に強かった彼は、翌年三月に広島大学工学部船舶工学科に合格した。彼は立派な造船技師になることだろう。

はじめての夏季休暇

お盆を挟んだ十日間の休暇では、私は入校以来の出来事を子供に戻ったようにたくさん話した。

まず父は適性検査の結果を大いに喜んでくれた。進路を気にかけ、心配しながらも思い通りにさせてくれ、合格した私立大学の入学手続きのために多額の納入金を用意しようとしてくれたことなど、口に出さないまでも感謝した。

母親は、

「大学に行こうと思えば行けたのに、将来、後悔しないの？　航空自衛官は全員がパイロットで、空自に入れば簡単にパイロットになれるという人ばかりだけど、そんなんでいいの？」

今になっても私の進路は母の意に沿わず、理解にも乏しく内心では喜びを共有してもらえなかった。私の人生を載せた船は既に出港し、険しい海路に向かう最初の灯台を通過したところだ。なぜ、今になって私の進学に、学歴に拘《こだわ》るのか理解に苦しんだ。

空自は全員がパイロットだ――ほとんどの人がそのように理解していることは残念ながら確かだ。パイロットになりたくて空自一般隊員で入隊する人が多いと聞くが、国はこの大切な任用枠（空自隊員の約三パーセントでしかない特別な任用制度）をどうしてもっとはっきりと広報してくれないのか。進路を『航空学生』に決める矢先に、私は彼らの歩みを描いた「ジェットF１０４脱出せよ」（村山三男監督、倉石功主演）という大映映画が街の映画館で上映されたのを逃さず観て、やっとこのロマンと厳しさに満ちた進路の実情をイメージできた次第だ。

思い出の多かった中学、高校の担任の恩師お二人に、適性合格発表の日にお礼と報告の手紙を丁寧に書いたが、大学進学を期待していたはずの両先生から返事を戴くことはなく、実に寂しいものを感じた。自衛官となった自分に失望されたのか？　そして教職員組合からすれば自衛隊はまるで反社会勢力の一つにでもなるのだろうか？　自分の身分（職業）と夢は、もう誰からも傷付けられたくはない。

一方で、高校生になった上の妹と小学校高学年の下の妹は喜んでくれ、自分の夢も語ってくれた。

「兄ちゃん、パイロットに近づけて良かったヤン。勉強も訓練も厳しいんやろなあ」

「うん。でもな、兄ちゃんの好きな道に行ったし、大きな目標があるから幾らでも頑張れる。二人とも好きな道を行けよ。楽しいことが待っているぞ」

「私、神戸大学の教育学部を受けようと思ってる」（長女）

「私、ピアノと歌が大好きやから、音楽大学で声楽をやりたい。私も先生になりたい」（次女）

しかし、その頃の流行歌手、アグネス・チャンや森昌子のような芸能界しか浮かばない母には猛反対され、妹は絶望していた。早くからピアノを習い生き生きと歌う妹の姿を見てきたからには、大切な妹の夢を絶対に潰して欲しくない。妹たちも家庭の経済的な負担を気にかけていた。心苦しかったが、父親には妹たちの希望を叶えてやって欲しいとお願いした。父親は黙っていた。私は口を出してはいけなかったようだ。家庭の事情もあり、やはりいけない。

あの何気ない兄妹の会話の中で、私はふっと自身のこれからの飛行の安全が気になった。妹たちに悲しい思いをさせてはならない。この二人の立派な目標が実現するように、物心両面から応援してやりたいとも思った。そしてしっかり見守ってやりたい。

「兄ちゃんの決めた仕事に、うちら誇りを持ってるよ」

よく言ってくれた。妹は愛おしい。自分の命の価値が二倍、三倍に膨れ上がる思いがした。（二人の妹はそれぞれの希望の大学へ進み、終生教鞭を執った）

親友の中山君を訪ねて近況を話し、中高時代の思い出話も尽きなかった。中山君は入学した大阪工業大学では空手部に入部し、早くも実績（後に主将）を築いていたことは納得のできることだった。好きな活動を大学まで取っておいて、高校は学業に専念した彼。大したやつだ。

他の高校時代の学友とも会った。彼らは女友達を同伴していたが、それ自体は羨ましいとは思わなかった。ただ、大学の自由な環境で楽しくしている彼ら彼女らと何を話してよいのか戸惑った。中高とも女友達とまではいかなかった淡い思い出しかない私は、今も気軽に話せる女友達さえいない。

振り返れば航空学生となって何回目かの外出で、同じ区隊の二年生に強引に誘われ部外の女性グループとの合同ハイキングに参加したが、私には人数合わせの義理以外の何物でもなく、後で先輩から苦言を受ける結果になった。

合ハイというものに気持ちが乗らなかったのは、私の中に何かがあるからだろう。制服を着たばかりで、これから厳しい適性検査のふるいにかけられる私と、パイロットコースが約束された先輩との違いには歴然としたものがあった。それ以上に、失意と希望の交錯した長い受験生時代が終わったばかりで、今の自分には女友達より後ろ髪を強く引く別なものがあり、まだ十分に整理ができておらず、これからも尾を引く予感がしていたのだ。
つまり、私の制服は苦渋の選択の末に身に着けているもので、心底からの誇りがまだ湧いていなかった。恩師だけでなく、学生運動に駆られる親しい学友たちの思想とも、なぜこのような距離ができてしまったのか、真実は何処にあるのかも知りたい段階だったのだ。

人はそれぞれの目指す方向に進むことになり、責任のない第三者がそれにどのような評価をしようと、信じた道を自分らしく生きることこそが幸せの素だとわかった。半数近くになった操縦コースの同期生が再び集う九州へ戻った時は、我が家に帰ったような気分で、何の迷いも里心も残っていなかった。

基礎課程後期へ

課程前期と同様に課業は進み、体育はラグビーの試合や武道の昇段審査が、学科では実験や英語スピーチが、戦闘教練では野戦訓練、小銃や機関銃の実弾射撃が組み込まれた。

ＢＡＲ（ブローニング自動小銃）は米国製で第二次世界大戦後も使用されてきた地上火器で、空自にも供与された。この機関銃は一秒間に十発も発射でき、四方を堤で囲まれた特別な射場で二十発入りの弾倉を装塡し連射した。その時の発射音は鼓膜が破れるかと思うほどで、反動の衝撃は強烈なものだった。三百メートル先の標的を撃ったが、更に先にある電柱ほどの丸太も貫通するほどの威力に驚嘆した。パイロット要員がなぜカービン銃や機関銃の実弾を撃つのか。有事での地上戦の様相と怖さを思い知り、自衛官であることを自覚した。

その半年後から奈良の幹部候補生学校操縦英語課程で中級英語、ＡＴＣ（航空交通管制）英語を学び、世界の航空交通管制官と交信する準備が出来上がった。

この二年足らずで実に内容の深い理系科目と英語を学び、また体育学校並みの持久走と武道を練ったことは生涯の励みになるだろう。それ以上に大きな成果は、同じゴールに向かう仲間たちとのユーモラスな関係を保って基礎課程を通過したことだ。意見は異にして激論しても、喧嘩は周囲が許さない。また、区隊長や助教からは実に厳しい半面で、学生には『尊厳』という至上の概念を密かに育んでいただいたことを後になって思う。

パイロットになるのに何のために基礎教育や地上訓練が二年近くも必要なのだろうか。それは、幹部自衛官として管理者にならなければならないからだ。知力と体力と戦技は必須なのだ。職種にかかわらず階級章の表す職責を果たさなければならない。その上で、国の安全を護るため、自らの危険を顧みず戦うパイロットであれということだ。

ここ、千葉県陸上自衛隊第一空挺団、習志野《ならしの》駐屯地でパラシュート降下、着地訓練を行い、空中での緊急脱出に備えることになった。

ここでは、団長以下全員が『空の神兵』、有事に空自の輸送機で運ばれ、守り抜く地域に落下傘降下する隊員が勤務する。空の忍者を育成する空挺レンジャー教育隊があり、「精鋭無比」をモットーに誇りは高く、猛訓練で有名だ。訓練担当官は、

「空自学生のために腕立て伏せ追加、もう十回！」

と、赤鬼、青鬼のようになって鍛える。二階から下りる時は、階段ではなく、何と、窓を開けて片手を桟《さん》に当てて、ひょいと飛び下りる。着地は両肘《ひじ》を側頭部に押し付けたまま、着地と同時にゴロンと膝《ひざ》を折り曲げた体側へ転んで、下肢から順に五点で受け身をした。これは落下傘降下時の接地の基本で、降下率（降下のスピード）の大きい軍用傘では、建物の三階から自由落下するほどの速度になるという。私たちは芝生の上でジャンプしては、これを何百回と練習した。

彼ら陸上自衛官の面子にかけても学生は鍛え抜かれ、徒手格闘技では薄いグローブとヘッドギアを着けて双方何れかが倒れるまで闘わされる。

「なぜ、同期生同士が闘い傷つけ合う？　なぜ、このような訓練を今更やるのか？」

三人目で顔を何回も強打され、鼻から血を流して倒れた私はそう思った。人を倒したら次は倒される。初めから戦意を持たず、生贄のように苦しむ同僚を連打した時は、実に心が痛んだ。この時は自分を恥じて悔いた。子供の頃、弱い者いじめが常習の問題児を殴ったのとは違う。この同僚は共に命を懸けて国を護る大切な人材だ。体力旺盛な我らが本気で闘えば、鼻の骨は折れ、命である視力や聴力にも影響が出ることになる。銃剣道の木銃でさえ折れるほどに打突することもあったからだ。航空学生の顔をどうか叩かせないで欲しい。

しかし、最北の雪山や南の海に一人で緊急脱出した時には、熊やサメを相手に闘っても絶対に食われるわけにはいかない。不時着や航空機から落下傘降下する場所は、市民の安全を一番に考え、必ず人里離れたそのような場所を選ぶべきなのだ。闘わなければ食われる世界が隣り合わせであることもわかる。

『護らなければ安全は来ない』

このような生存訓練の成果が試されるようなことがありませんように。

赤い吹流し

同期生は英語の練度で、A、B、C、Dの四グループに分けられ、操縦訓練コースはこの順番で順次、しかも山口県防府《ほうふ》北基地と静岡県静浜基地（焼津《やいづ》市）に分かれる。練習機の機数からも一緒には訓練ができないからだ。

私はA・防府北基地で、七人の同期生とともに二百二十五馬力単発プロペラ推進の前後席配置セスナT－34メンター練習機で空を翔けた。取り扱いや手順等の地上教育を終え、第一回目の訓練が始まる。

「ババッ、バラバラバラ～」

エンジン始動でプロペラが大きな音を立てて回りだすと、我を忘れてしまうような緊張感に襲われる。

管制官に離陸許可を要求し、自分の手で初めて離陸させる。エンジン全開で滑走路をどんどん加速する。操縦桿を僅かに引いて機首を起こすと、フワっと浮き上がった。

車輪を収納して上昇しながら瀬戸内海周防《すおう》灘の訓練空域に向かう。後席の担当教官からインターホンで地形慣熟や操作の指導を受ける。

「左前方に見える海に面した小山が錦山《にしきやま》だ。帰投して基地に着陸する時の目標になる。わかったか！」

「はい！」

すべてがこのような受け答えになる。

空中での課目操作を終えて降下を始め、管制官に着陸許可を要求する。車輪を出し、最終進入に入る。ここからは教官が操縦桿を支え、その圧力を感じながら技を覚える。

滑走路に入り地面が迫る。エンジン出力を下げながら機首を僅かに起こして、軽いショックで着陸した。

セスナT-34メンター初等練習機

訓練を終えてフライトルームに戻り、教官の振り返り指導と評価を貰う。このようにして訓練内容はステップアップし、私は規定訓練時間内に初度単独飛行の技量見極めに合格できた。次は、いよいよ生まれて初めて一人で飛ぶ。

これから続けて搭乗する飛行機には、後ろに風向風力を計る時に使う布製の赤い吹流しが付けられた。初度単独飛行を表すシンボルで、車の初心者マークと同じように、必要なら経路を譲ろうという要注意の印だ。

後席に教官の姿はなく、代わりに鉛の入った大きな袋が縛り付けられた。重心位置を保つためのバラストである。私はこれを見て焦った。もしも機体が故障したら適切な手順で回復を図り、緊急着陸や不時着も自分で決行しなければならない。いざ、教官が乗っていないと考えると、急に喉が渇き、足は何度かガクガクと震えた。

機長としての機体の点検が終わった。行かなければならない。プロペラを回し、管制塔から誘導路侵入の許可を受ける。

「大丈夫だ。いつもどおりに教官が乗っていると思って発唱してやればいいじゃないか」

そう自分に言い聞かせながら、滑走路手前でエンジンの最終点検を終え、離陸許可を貰って離陸した。車輪を上げて収納のマークが出た。バックミラーを見ると厳しい教官の姿はない。

最高の気分である。

「やったあ一人で飛んだぞ！」

しかし、山の緑も、周防灘の輝きも、美しいと思う余裕がない。間もなく飛行場周辺の規定の経路を飛んで着陸する。車輪を降ろし、脚下げを何度も確認して、

「ギアチェックト、ソロ（脚下げ確認、単独飛行）」

最終進入で安定させフラップダウンを確認、滑走路に入ってエンジンを絞り、機首を起

こして接地。

「降りた！　一人でやった！」

自分でも安全な着陸ができたと、自信を持った。

次の課程ではジェットの単独飛行が控えている。三倍も四倍も速いジェット機で一カ月や二カ月後にそんなことができるのだろうか……。

ジェット機へ

私たちは、同じAグループの静浜組と合流し、航空学生基礎課程を過ごした福岡県芦屋基地における初級ジェット操縦課程に入校した。

プロペラ機をエラと尾ヒレで進む魚に例えると、ジェット機は水を吸い込んで尻から勢いよく吐きだして進むイカのような原理だ。タービンを回して扇風機のように空気を取り込んで圧縮し、燃料を吹き付けて燃やして膨張させ、狭い排気口から勢いよく噴出する。プロペラの空気抵抗もないので比較にならないほど速い。

T－1ジェット練習機は富士重工製の機体に米国製の内部構造、英国オリヒューズと石川島播磨製のJ3型エンジンを搭載するA、B型の二種類があり、私はB型に乗るが性能

富士T-1ジェット練習機

と扱いはほぼ同じだ。

ここでも前の課程と同じように機体構造や操作手順の地上準備から始まり、基本操作の後、単独飛行が許可されれば、編隊飛行、計器飛行へと進む。

座席の後部胴体にジェットエンジンが搭載されているので、「キーン」と、外には金属音の騒音を発するが、パイロットには静かで振動も感じられない。高高度に昇るためヘルメットに酸素マスクが取り付けられて呼吸が重い。巡航時速七百キロでは、地上の平野や山岳が日本地図を辿るように流れる。

「ジェットに乗れて良かった」

私は乗る度に嬉しくなった。

しかし、問題の一つは、速度が速く重いため、離陸も着陸も滑走距離が長くなり、エンジン出力に異常がある時は残りの滑走路長が足りず危険なことになる。一瞬の判断が運命を決めてしまうのだ。

私は無事に単独飛行も終え、九十時間で規定のカリキュラムを終了し、次の課程へと進むことになった。しかし、ここで二名の仲間が罷免された。残念ではあるが、明日は自分のことになるかも知れない。空自におけるパイロット訓練途上の罷免は、後期の適性検査とはいえ、技量と心身の条件から生涯にわたってまだパイロット罷免となる可能性が残されている。民間の私費で学ぶパイロット養成施設と異なり、限られた予算と期間で養成しなければならないことから、自ずと指導も評価基準も厳しくなるからだ。毎日が生命と将来のかかった試験の連続であり、悪天候で飛行訓練中止となった日は、盆と正月が一度に来たほどに解放される。雨の中を十キロ走って筋トレをやれと言われてもその方が嬉しい。

罷免された学生の後釜として私が命じられた学生長という役目は、コース内の鋭気や士気を高めるように導かなければならない。技量面や精神面では全員が限界と闘っているが、特に問題を抱える者には、団結してできるだけ力になれるようにカバーし合いたい。自分自身も順調でない時があるが、何としても乗り切りたい。

学生罷免となったケースの一つに、異性からの性感染による症状で苦しんでいる同僚の悩みをそっと聞かされて、

「早く病院へ」

と苦しい手伝いをしたことがあった。同僚は、その件の発覚からではなく、進んでしまった病気の症状から訓練に集中できなくなり、技量審査にひっかかり学生を罷免されてしまったのだ。

ジェットまで進めた夢を諦めなければならないとは実に惜しい、適性もあり努力をして

いるのに残念な出来事だった。心身のプレッシャーを受けたまま数年間を耐えて、全力を尽くさなければならない。休むことも後戻りもできない操縦課程では、気晴らしも充塡も必要なことはわかっているのだが……。

異性との交流でも、不器用な私にほのぼのとした一つの出会いがあった。

連休での帰省から基地に戻る特急列車の相席で、広島旅行から博多に戻る一人の女性と楽しく話ができ、翌週末に博多で会う約束もできた。一つ二つ年上と思われる適齢期のOLの順子さんは清楚で気配りがよく、口数は少ないが、どの言葉も話が快く伝わる。初めて会う人と会話を始めて、次第にお互いの人柄に触れ合うことは何と嬉しいことだろう。素敵な人だ。

一回目は大濠《おおほり》公園や市内の観光地を楽しく歩き、喫茶店での会話も楽しかった。お互いに好感が持てたこともあって、二回目のデートも同じような形だったが楽しく、その帰り際に彼女にこう誘われた。

「大地さん、もしよかったら、今日の夕ご飯、私のお家にいらっしゃいませんか?」

「えっ……いいんですか?……」

これまでの会話ではお互いの仕事や趣味のこと、将来の夢や価値観について話し合ったが、家族構成やどのような形で住んでいるかは聞いていない。私は一瞬、いろいろなケースを頭に巡らせた。

「私、ちょっと電話してきますから」

電話……？

彼女は嬉しそうに近くの公衆電話で何やら話しているのが見える。ご家族の皆さんと同居なのか、それとも友達とルームシェアーか、誘いで飲み会になるのか。そして、もう一つの憶測と期待は「電話」で消えた。何れにしても話は決まってしまった。

神様のご配慮で、ご家族との夕食に、市内のお宅に招かれることになったのだ。西鉄バスに揺られながら、私は今の交際の段階では重く感じたが、逆に自衛官の立場でこのように大切な客として招かれることが嬉しく誇らしくも思えた。これで良かったとも考えたが、やはり大人としての交際の序曲としては、逆に不純な気持ちにさえ感じた。また、この時刻からお邪魔してご馳走になり、お暇して逆順の道を戻っても、遠賀郡の芦屋基地には門限を遥かに過ぎる。博多市内まで戻って宿を探さなければならない。

ご両親と本人、高校生の弟さんと食卓を囲んでの温かい御持て成しは緊張したが、思っていた以上に心地よく、主に私の日常や将来の希望や夢などを聞かれて、楽しく答えることで時間は容赦なく過ぎていった、が……時計を気にする私の気持ちを察しながら、ご両親は逆にそのような気遣いを妨げるようにアルバムを出して来られたり、果物やお菓子を用意されたり、お風呂の用意までされてしまった。

何か大きな役目を果たした広報マンのような気持ちになってしまい、挙句の果てはすっかり甘えてしまった。楽しそうにしながらもその後のことを心配している私に、順子さんは終始嬉しそうに目を配りながら、隣の部屋に寝床を敷いてくれた。

一つの部屋で寝たふりをしながら目をやると、彼女もこちらを見ている。……苦しかったが理性的に一夜を明かした……。抑えることができないならそれも運命だろう。しかし、本能に任せるわけにはいかなかった。一夜を過ごす場所が違っていても、結果は同じだ、と言えば嘘になるかも知れないが……。

この付き合いの段階でのご家庭への訪問は、三年近く家庭の味を忘れている若い私には大きな出来事で、自然なことではないような気がした。やはり重かった。もう少し先送りにできるものならそうすれば良かったが、嬉しい気持ちで応えてしまったのは当の私なのだ。

北九州・芦屋基地での教育期間は八カ月余りで、もう半分が過ぎている。しかも課程の学科試験や国家資格に向けての学習は、週末をいかに活用するか否かで結果も異なる。

無事に卒業することは大事であり、毎日が命を懸けた教育を受けている身であり、翌週にまた元気に会えるとは限らない。事実、五年前には、北西の方向に向かう滑走路をT－1ジェットが離陸中に出力が低下して墜落し、学生、教官とも殉職されていた。（パイロットコースを歩んだ五十名の同期生のうち、一割の五名がその後の教育、訓練飛行で殉職

するという世界は他に例がない）
順子さんと会っていても、日曜の夕方には、頭の中は別なものが支配を始める。もう一つの恋しい対象は……ベッドに入ってから一時間のイメージ動作と囁きの対象は……、純白の横腹と両腕に赤丸の墨を入れた刺青のスマートな日英米のハーフ……絶対に放したくないT－1ジェットなのだ。
限られた期間での九州の女性との交際は実らせることができなかった。お互いにどれほど相手を想い、自然な情熱が二人にどう育ったかということが最大の問題だったと思う。精神的な圧力や、その後の地理的な制約を打ち砕くような愛を、私の手から育むことができなかったし、彼女にも別れざるを得ない気持ちがあったと思う。

悲しみの淵に

Aグループの学生は、静岡県浜松基地に異動した。浜松市は静岡県随一の人口と面積を持つ、自動車、楽器産業をはじめ、科学技術工業企業の進出も著しい政令指定都市だ。浜松基地はこのような産業施設や住宅地に囲まれた三方原《みかたはら》にあり、飛行場施設だけではなく上級司令部をはじめ整備や通信電子関係の要員を育成する教育機関（術科学校）も所在し、

『航空教育のメッカ』となっている。

ここで搭乗するのは、米国ロッキード社製のT－33ジェット練習機（俗称：サンサン。米国ではTバード）で、事業用操縦士国家資格に合格する知識と技量に達することが修了の条件の一つである。プロのパイロットへのゴールが目前にあるが、まだこれから一年近く訓練と勉学に専念することになる。また、航空力学、航法、航空気象、航空通信、航空法規の国家資格各学科試験とは別に、空自基準の計器飛行検定は今回のプロのパイロットになる時、そしてなってからも毎年誕生日までに学科と実地試験に合格することが空自パイロットの条件だ。

ロッキードT-33ジェット練習機

やがて飛行訓練が始まり、私たちが有視界空中操作訓練に励んでいたある日、これまでに最も悲しく悲惨な出来事が起こった。ここでも私は学生長を務めており、その前夜もいつもどおり訓練の振り返りのミーティングを行った。

東西に向いている浜松基地の滑走路には、東向きには天竜川が、西向きには浜名湖に飛行経路が差し掛かる。離陸直後、または着陸前の低高度でエンジン出力が低下したらどうするか？

「人口の密集している飛行場周辺では、緊急脱出でパイロットの命を確保することは考えられない。自分は最後まで地上へ与える危険が少ない水域（河川、湖、海）に乗機を誘導する」

同僚の佐々木はこう言い張った。

「最善を尽くして人家のない、安全と思われる場所に向け、地上の安全も確認して、可能な限り自らも最低安全高度で脱出したい」

というのが一同の意見だった。

チェックリストの緊急手順は、単に操縦者の安全確保の見地から記載されている。状況のもとで人道的に最善を尽くすのが自分たちの信条になっているが、その内容の究極の部分までは強要できない。

（参考：脱出最低安全高度：降下する航空機から座席ごとロケットで打ち出され、座席と人体が分離する時に引き出されたパラシュートが完全に開傘するまでの高度損失に安全値を足した高度で六百メートルと推奨される）

一九七二（昭和四十七）年二月、佐々木は日本アルプス上空の単独飛行から帰投中の着陸前、基地に接近したところでエンジン出力が低下。彼は滑走路への進入を断念し、反転して比較的人家の少ない、地上の危険性が低い浜名湖を目指した。そして、墜落直前に脱出したが座席ごと落下してパラシュートは開かず、即死した。高度が低過ぎたのと、乗機が降下姿勢だったために、上方に射出する方向成分が少なかったのが致命的だった。米軍を含めた過去の統計では、このように脱出しても三割近くが助かっていない。

「地上の安全」を信条として緊急事態に臨んでそれを実践した彼は、早稲田大学商学部に合格しながら航空学生を選択した人物で好青年だった。惜しい人物を失ってコース一同は落ち込み、私は自分の分身でなくてはならない、エプロンに並んだＴ－33を見る度に恐怖で吐き気がした。

「佐々木の命を奪ったこのＴ－33が憎い。次は誰を狙うのか……」

部隊が葬儀を出し、事故の原因も明らかになって、間もなく訓練が再開された。コース一同の顔に明るさは消えてしまい、教官たちも神妙に重々しく指導される日がしばらく続いた。

「パイロットはそのようなことではいけない。もと通りに強く明るく振る舞えるようにならなければ。殉職した佐々木の分まで頑張り、コース全員が検定に合格しよう」

私たちは誓い合った。その後に一名が自己罷免を申し出て空自を去り別な人生を歩むことになったが、誰も引き止めることはせず、手厚く見送った。その学生は自らの進路をよく見定めて将来に人生を懸けた上での退職だった。

数カ月前の夏の終わりに、同じ操縦課程の一コース先輩になる一般大学出身の幹部学生K二尉は、週末に新婚のご夫人と遠州灘の浜辺を散歩中に沖で溺れる少年をたまたま目撃した。他に騒ぎ立てる輩を横目に、同二尉は水泳が不得意なことを知っている奥さんの制止を振り切って深瀬に飛び込んだが、溺れる少年に全身を絡まれて身動きが取れず、岸に辿り着く前に溺死された。少年は絡んだ対象の恩恵で九死に一生を得たが、目前の悲劇にご夫人の痛みは計り知れない。新聞報道はこの勇気ある偉業を単なる事故死扱いであり、また殉職にもなり得なかった。

職業で特定の任務に就く者たちには、特定の使命感が宿るのだろうか。身近に起こった連続の事故に共通のメンタリティがあるように思えてならない。両方の出来事を自分に当てはめても同じ行動を取ることだろう。

卒業前のＩＦＲクロスカントリー（計器飛行方式での野外飛行）では、飛行計画書に経路などの飛行情報を記入して承認を受け中枢に打電される。私は浜松から名古屋、飛騨山脈を経て新潟、奥羽山脈を経て十和田湖の絶景を眼下にする航空路を飛行して、青森県三沢基地に降りた。航空路を飛ぶ時は、標準気圧を高度計にセットし、指定高度を厳守して

T-33A　ウイングマーク取得

飛行すると、三百メートル（一万メートル以上の高度では六百メートル）の直上、直下を安全に旅客機とも対進する。日航のDC8、全日空のB727と何度か対進した。

　佐々木の墜落事故から半年後、航空団の朝礼でコース学生が紹介され、司令から制服の左胸に銀製の鷲を模ったウイングマークを装着された。それは一人前となったプロの象徴であり、悪天候下を計器飛行方式で機長として飛行できるという『航空記章』だ。

　プロの世界とはどういうものかを、一歩一歩、知ることになり、自信とともに、自分自身と社会の安全をどう護るかは自分の判断基準にかかっているという重責も思い知ることになる。いよいよ世界の傑作機とも名機とも評価されたセイバー（指揮刀の意）に一人で乗り込む。

「生きるんよ！」

喜びと悲しみを経験した浜松基地を後にして、再編成された我々七名は、操縦教育最後の戦闘機操縦課程学生として、宮城県松島基地に鉄道で向かった。

東京・上野駅で東北本線に乗り換える前に、つい半年前にウイングマークを目前に不慮の事故で殉職した故佐々木君の東京の実家を一同で訪れ、仏壇に手を合わせた。

お母様には、佐々木君に守られて自分たちが無事に浜松を卒業できたことを報告した。本来ならこの道中には本人一緒で彼の実家に立ち寄り、嬉しくお邪魔しているはずであった。お母様が必死に悲しみを堪えていらっしゃるのが痛いほど伝わり、生前の佐々木君の思い出話で努めて明るく振る舞った。

「次は一人乗りのF－86F戦闘機で訓練を行うことになります。それが終われば、実動部隊配置になります。佐々木君の分まで頑張ります、お母さんもお元気で」

私が代表して挨拶して、お別れしようとした。更に危険が伴う訓練が待っていることをお察しされたお母様は、

「皆さん、気をつけてね！　くれぐれも。生きてね！

生きるんよ！　ああっ……」

今度は堪えておられた感情を抑えきれず号泣された。

「決して一人の命ではない。大切にしないといけない」

改めて一同はこのお言葉を深く心に刻んだ。

各々は必死に天を見上げながらも、頬を濡らしていた。


上野駅から東北本線を北上した我々は、仙台駅で仙石線に乗り換え、美しい松島海岸を右手に見ながら、このまま時間が止まればと思った。

一年近く訓練した前課程の浜松を後にしたその日に、次の訓練任地である松島に鉄道で向かっている。「空と、計器と、滑走路」の単色の世界を走り続けた私には、この車窓の景色が別世界のように映った。長々と続く海岸の砂丘には松の木が列をなし、沖に浮かぶ無数の小島が美しい。

三陸の松島海岸の風景をしばらく楽しんだのもつかの間、ついに松島基地最寄りの矢本駅に到着した。迎えのマイクロバスに乗り、主任教官の小野寺一尉に迎えられて松島基地のゲートを通過した。

F-86Fセイバー戦闘機

ノースアメリカンF-86F（旭光）は、航空自衛隊発足時に米空軍から供与された機体をもとに三菱重工でライセンス生産されたものだ。パイロットが完全に熟知しなければならない五百ページを超える技術指令書（TO-一）が原型製産国の米国からバイブルのように付いて来ていて、未だ原文のままだ。読めば当機は米国製で自由を護ってきたという歴史を感じる。冒頭に記された『NO GUTS NO GLORY（闘魂なくして栄光なし）』が印象的だった。

一九五〇年に朝鮮半島の北緯三十八度線を境に共産軍のMIG-15戦闘機と戦った国際連合軍の単発ジェット戦闘機F-86Fは、音速には達しないものの最高時速千キロ程度で機動性は良く、武装はキャリバー50機関銃（口径12・7ミリ）六門と弾丸千八百発を搭載する。後に赤外線追尾ミサイルも搭載した。

希望と適性が叶い、戦闘機パイロットコースを進み始めた私は、プロペラ機のT-34をはじめに、T-1、T-33Aと三機種乗り継いだ練習機でライセンスを手にし、これから実用のジェット戦闘機操縦課程へ進む航空学生だ。自動車で言えば、免許の教習が終わったばかりで、すぐにF1レーサーに乗り込むような技能進歩が要求されるのだ。

　ノースアメリカン社製F－86Fセイバー戦闘機での初めての飛行を明日に控えて、学生舎の居室ではF－86Fコックピットの計器板やスイッチの写真を貼り付けた教材の三面板（簡易シミュレーター）に向かってイメージフライトを繰り返した。思えばこの二年間も同じことをずっとしてきた。

　ほとんどの航空機ではパイロットは二人乗りで、単座の戦闘機であっても複座のトレーナー仕様が生産されている。このセイバー（指揮刀の意味を持つ愛称）には生産当初からそれが存在しないのだ。

　正直に言えば初めてのこの速い機種での着陸が怖い。

F-86Fセイバー戦闘機

資格のあるパイロットになっても、いや、飛行機がわかるようになったからそうなのか。時速二百五十キロを超える速さで地面に降りるには、一瞬の着陸ミスで滑走路に激突し四散炎上する。普段なら疑問点の確認に学生舎内の互いの居室を行きかう学生たちも、今夜は静かに振り返っていた。きっと似た気持ちだったろう。

半年前に目前の墜落事故で殉職した同僚の顔が浮かぶ。

初陣でもない、ただ初めての単座戦闘機で離陸し、着陸することで、これほど『生』への執着を覚えるとは思いもしなかった。私は普段は気にも留めない神に祈った。

戦闘機の初フライト

初めての機体にたった一人、松島湾を下界に見ながら時速七百キロでぐんぐん上昇する。

「これまでのジェットとは明らかに違う！」

これが戦闘機なのだ。今敵が向かって来ても闘うエネルギーを既に持っている。空中では速度感はまるでなく、通り過ぎる雲と速度計だけがスピードを示す。

宮城県石巻市の南方金華山沖の遥か太平洋上空を、半島山頂の防空レーダーサイト（半島部の山頂に築かれた、洋上からの飛行物体を探知する空自の施設）のモニターを受けながら高度一万メートルで水平飛行に移り、宙返りなどのアクロバット課目を一通り終わらせて帰投の段階に入った。

別の機で直後に離陸した教官は、左右後方の高い位置から操作の一部始終を、そして他機との異常接近がないように監視している。

セイバーはこれまでの練習機とは比較にならない高い上昇出力とシャープな操縦性、スロットル操作で敏感に追随する加速性、手放しでも真っ直ぐ飛行する安定性を持つ素晴らしい戦闘機であるという印象を持った。いよいよ、このジェット機での初の着陸だ。

着陸でどのような特性が表れるかは機種によって異なるので、飛行機の操縦は難しい。前課程でのT－33の着陸では、最適の狭い速度域で進入し、かつ、繊細な操舵が求められる。低速、低回転からの加速がやや遅く、それを見越した操作は慣れたパイロットでも決して油断できない。この飛行機は果たしてどうなのか。

上空で模擬着陸進入と着陸復行（空中で仮想の滑走路に機速と進入降下率を合わせて操舵感覚を知り、着陸が危険な時を仮想して再上昇する）で十分な気速を保つ出力と操舵の効果も確認した。セイバーはパイロットのどちらの操作にも確実に応えてくれた。思い通りに操れそうだ。

「この飛行機なら大丈夫だ！　自分は必ず着陸できる！　自信を持つんだ！」

石巻市上空を経由して西南西に進路をとり飛行場に向かう。滑走路上空で三百六十度の旋回をして直進の最終進入経路に入った。脚（車輪）、フラップ（主翼後縁の高揚力を得る補助翼）ダウン。今の残燃料と機体重量から速度二百七十キロに設定。

管制塔からの「Wind 300 15knots,gust25. Use caution. Clear to land（風向と風速は右前方から十メートル、突風時十五メートルに要注意。着陸を許可する）」

「Clear to land」

無線で復唱した。厳しい横風になってきた。この風では前方の滑走路から風下の左に流されようとするのを止めるため、カニが横に歩くように流される分だけ機首を右に向けて進入する。接地では風に翼をあおられないように右側に僅かに傾け、左ラダーペダルを踏んで滑らせた状態で、パイロットは「風」に対する操作を鳥のように本能的にとる。教官機はミラーで右後ろに見える。

「よし、よし、その調子だ、落ち着いて行け！」

「ラジャー（了解）」

管制塔からは私の乗機が着陸するまでの十数秒間の他機の無線封止が放送された。この飛行機は操舵に確実に応えてくれている。分身になってくれる。体に翼が付いたのと変わりがない。

機体を傾けたまま滑走路に入り、ゆっくりとエンジン回転を下げると沈んでいくのがわかる。僅かに機首を上げると沈みが収まり、タイヤ一個分の高さで滑走路を駆けていく。軽いショックで右タイヤが、そして左タイヤが滑走路に着いた。着陸した瞬間に、

『ダーン！』

教官機は十数メートルの右頭上を落雷のようなつんざく大爆音と黒い排気煙を残し、脚を収納しながら疾風のように通過して行った。

「教官、ありがとうございました！」

無事に初飛行を終えたことを胸の中で感謝した。パイロットにとって搭乗する機種こそが、自分の伴侶で分身だ。自分の命は自分の技術とこの機で護る。そして生涯を通じてそれが続く。来る日も来る日も真剣勝負だ。

飛行訓練は順調なことばかりではなく、恐ろしい事態が起きた。高高度編隊飛行訓練のために秋田沖の日本海上空一万五千メートルを教官機と二機編隊で飛行中だった。

空気密度の薄いこの高度では、F－86Fの最大限の上昇高度に近い。天気現象のある対流圏を越えた上空のこの成層圏では、気温はマイナス五十六度、十分の一気圧という、生物の住めない『死の世界』である。エンジンの推力源だけでなく、飛行機の翼や操舵面も空気圧の影響を受ける。

F－86Fは辛うじて水平飛行できるが、主翼前縁のスラット（高揚力を得る前進翼）が自動的に出入りする低対気速度の機体はなかなか安定せず、細かい操舵も難しい。また、横滑りが大きくなり、私は座席左側にある手馴れたラダートリム（垂直尾翼に取り付けられた調整舵面を微調整するノブ）で修正しようと、左指で操作した。（「横滑り」は、水準器の「ボールセンター」からの逸脱等でわかり、パイロットが特に神経質になる現象。客室では紙コップの水が左右に揺れてこぼれる）

その瞬間、コックピットは、

「バーン」

という大音響とともに水蒸気が充満して真っ白になり、同時に大量に発生したゴルフボールのような雹《ひょう》に私は叩きつけられた。未だ気圧の高い胃袋からは、残っていた内容物が酸素マスクを吹き飛ばす勢いで飛び出し一面に散った。キャノピー（天蓋）内側全面に厚い氷が張り付いて視界はない。

キャビンの与圧が抜けて急減圧状態になったのが原因だった。コックピットの前面、左右に数百個並ぶ計器類、スイッチ、サーキットブレーカーのうち、目的のノブから二センチ左隣の火災時の排煙に使う「ラムエアー（強制通気）」ノブを左指でブラインドタッチしてしまっていた。まさに、高山病、低酸素症、凍傷の三拍子の最極地という、エベレストの二倍の高さの死の世界に一瞬で放り出された。

酸素レバーを百パーセントにし、前方の視野を得るためにデフロスター（霜取り）を使って急降下した。今度は副鼻腔が低圧になっているため、高度低下とともに鼓膜が外から押されて破れるように痛み、耐えることができない。人体はこのような気圧の急激な上昇に適応できないため、指で鼻をつまんで呼気を溜めて鼓膜を張りながら再び上昇しては降下した。

Ｆ－86Ｆが日本海の海面に向かって降っていくうちに、ボンベの圧縮酸素を使い果たし、外気だけを吸う他はなくなった。安全に航空路を横断するために設けられた日本海から太平洋に抜ける空中回廊を規定の高度で飛行している時、これまでも続いた低酸素症状のため視野が狭くなり、意識が朦朧としてきた。

回廊を岩手沖で離れたその後は、ほぼ無意識の操作で三陸海岸を南下し、管制機関との交信も含めてはっきりとした記憶がない状態で帰投、着陸していた。自分の取った操作手順や目に入った光景さえも思い出せない。

私はコックピットから降りる時にも痺れていて、左足つま先を機体側面の窪みにかけるといういつもの動作さえも整備員に助けられる始末だった。導かれてなんとか左主翼前縁まで降りたが、次に弾薬扉に左足をかけ損ねてエプロンに転落するという失態をおかした。今日は運が良かったが、次は帰っては来られないかも知れない。

飛行中、教官とは通信連絡を取っていたが、異常な単独行動になった私はピンクスリップ（危険操作・進度不良で不可の評価）となった。手馴れたスイッチを盲目操作する時にも、このような恐ろしい事態が待っていることを改めて認識した。

「もっと慎重にならなければ！　戦闘機を侮ってはいけない！」

初めての戦闘機を操縦できるようになってから、このブラインドタッチをはじめ感覚的操作に走り、基本に戻ることを軽視していた自分に猛省を促した。

このような必死の操縦教育が何年間も続くうちに、私たち同期の胸の内には複雑なものが去来するようになった。

田中角栄内閣の時世では高度経済成長期の成熟段階にあり、民間企業は好景気に沸いていた。戦闘機パイロットとして危険に挑む生涯に比べ、民間の大手航空会社での乗務は遥かに安全で高給だ。一年前の同僚の無残な遺体に目を覆って泣き悲しんだことは、私たち同期一同は決して忘れることはないだろう。やがて結婚して家庭を持ち、家族と幸せな人生を送る権利が私たちにはまだ残されている。

ある週末の夜、私一人が主任教官のご家庭での夕食に招かれた。一介の学生にもかかわらず奥様にも丁寧にご挨拶いただき、質素な官舎での温かいご家庭に公務員パイロットの生活の一端を見せてもらった気がして大変よかった。

「大地、お前、うちのコースをまとめてくれてありがとう。いろいろ苦しいこともあるだろうけど、大丈夫か？」

小野寺一尉は柔らかな笑顔で話を切り出されたが、自分一人が呼ばれたことと、教官の笑顔に曇りが見えるのが気にかかった。何かを心配されていることもわかった。

「はい。皆よく頑張って、ここまでやって来られて嬉しいです、コマンダー（主任教官）」

私は教官の真意を早く知りたかった。

「正直、大地自身はどう思っているのか？　うちのコースの学生たちの大半が辞めたいと言っていることについて」

何というショックなことか。戦闘機操縦課程の一コースが消滅しようとしている重大事態を私はその時初めて知ったのだった。

「はっ、お話しのことがわからないんですが……私はそんなことになっているのを知りませんでした」

私は自分と同僚との間に大きな溝ができていることに気付いて苦しくなり、まとめ役として前向きにというより、自身のことに追われ義務的にしかその役目を果たしていなかったことを恥ずかしく、申し訳なく思った。

「そうか。そういうことなんだが、実に困ったことだ。大変だと思うが、大地、お前はただ前向きにコースを引っ張ってくれ！」

「はい。全員が修了できるように、よろしくお願いします」

私はことの真相と教官の苦悩を知り、これからの自分の取る姿勢を考えた。

幸いなことに、この一件は主任教官の重なる説得で解決し、教育訓練は最後まで継続した。常に迫る危険と、若くに就いたこの任用制度（航空学生）での将来の補職への不安は、これからも付きまとう。自分自身も今は一人前のファイターになることが目標であるが、未だ訓練に没頭する段階で、使命感をはじめ、その先の人生ではどのような運命が待っているのかわからない。

私は自分の正直な意思というものが、度重なる学生長という立場に埋もれてしまっていただけかも知れない、と振り返りながら自問自答していた。むしろ、他者の気持ちや意見に影響されず、自然体でおれたのはよかった。気持ちに迷いがあれば戦闘機には乗れるものではない。絶対に乗ってはいけない。

F－86F戦闘機操縦課程を修了した同期生たちは、いよいよ実動部隊である三沢、小松、入間、そして築城《ついき》と振り分けられる。私は福岡県東部の豊後水道に面した築城基地の第6飛行隊に配属を命じられた。

編隊空中戦や空中射撃、それに地上や洋上目標への戦術航法などの訓練を重ねて必須の射撃資格を取得し、訓練態勢から作戦可能態勢へと進んだ。

そして平時の実任務であるスクランブル待機（わが国の領空に接近する国籍の不明な航空機を識別して退去させるなどの一連の措置をするための緊急発進で、年間を通して担任区域を二十四時間体制で任務に当たる）にも就き、二十三歳の誕生日を迎えた頃に初陣を経験した。それは、飛行計画を逸脱して日本の防空識別圏（ＡＤＩＺ：自国に向かう飛行物体に対して緊急発進させる地図上の基準線で、領空からは遠く離れている）に進入した外国からの米軍機を国籍不明機として探知し、緊急発進したものだった（編隊長は『フレンドリー』と識別、送信した）。飛行規律の怠慢により、友軍（同盟国軍）機の迎撃を受けるような事は決してあってはならない。

こうして経験を積むと、やがて僚機（ウイングマン）から編隊長（リーダー）となれる者が選抜されて練成訓練を受ける時期が来る。僚機は長機の手足となって働き、編隊長は僚機を護り、指揮して最小戦力単位の二機で任務に就くのである。

第三章　個人と社会の安全

基礎課程以来四年間、ずっと同じコースで、実動部隊も同じになった同期生の桑原とはライバルであるが、同じ釜の飯を食った兄弟のように気心が知れていた。彼に言われた言葉は今も忘れない。

「大地はコースの学生長として苦しく長い期間をよく務めた。何事にも勇猛果敢でバイタリティがある反面、物事に拘《こだわ》る潔癖なところもあり、身の上に起きた任務上の大きな出来事に関しても、その気質からより辛い思いで苦しんでおり、自分を責め過ぎないことを周囲が願っていた」

その後私は、古都奈良に所在する空自幹部候補生学校で半年間学び、飛行幹部候補生課程を終えた。築城基地に戻って技量回復訓練を経た二十四歳の私は、編隊長練成と幹部自衛官になろうとする大詰めの段階にあった。

一九七五（昭和五十）年三月、編隊の一番機として模擬スクランブル発進し、日本海西部の訓練空域で模擬格闘空中戦の最中に計器の異常に気付いた。両翼から吊られた外装の二百ガロン燃料タンクの使用済みを表す「空」ライトがまだ点灯しない。そして、エンジンに直結した胴体燃料計の残量が減っている。昨日の訓練でこの機に乗った時に「空」ライトが点灯した後、帰投中に胴体燃料計の指示が異常に振動したことで、着陸後に「胴体燃料計の振動につき、点検・修理を求む」旨の要求を上げたことが脳裏を横切った。

「まさか、また同じような状況が起きている！　修復は一体どうなったのだ?!」

私は念のため訓練を中止して帰投を決意した。

胴体燃料残量計の指示は減っていき、築城基地から百三十キロ西方、八千メートルの高度を最良巡航速度時速七百キロで築城に向けて飛行中、愛機のエンジンは大きく息をつき始めた。残量六百ポンドを中心に触れている。頭髪が逆立った。もっと早くに気付くべきであった。この三百五十リッターは使えない燃料で失火したのだ。

コックピット左奥の外装タンク切り替えスイッチが「ＯＦＦ（手順ミス）」にあるのを見て、直ちに「ＯＵＴＢＯＡＤ」に切り替えても、胴体タンクのガス欠で断続的に失火しつつあるエンジンには外装タンクから吸い上げる力は残っていなかった。スイッチは整備作業後のままになっており、私は機長としての最終確認を怠っていたのだ。

基地までは、この距離と高度ではエンジン停止の滑空状態では到達距離は二十キロ足りない。冬の上空の西風に乗っても無理があると概算、判断して、機種を西北西二百四十度の有明海に向けながら、『主燃料』『緊急燃料』系統のエンジン空中始動を試みたがもはや着火しなかった。この時点で、滑走路の短い芦屋飛行場と、市街地にある福岡空港に滑空不時着することは断念して、乗機を海没させることを決心した。

〈最良滑空比〈角度〉は最良速度とともに機種ごとに異なり、乗員は緊急手順として熟知

している）

エンジン停止

風圧で回るタービンで作動油圧が得られ、操舵が効く。余る速度を高度に換えて最良滑空速度時速の三百五十キロに落とした。Gスーツ（空中戦で重力加速度Gがかかっても血液が下がらないよう下半身を締め付け、パイロットの脳内血流を保つ機体に結合する空気注入ズボン）の左ポケットから航空地図を取り出し、今の進路が間違いないことを確認した。バッテリーの生きている内にと、機長の義務である緊急通報を国際緊急周波数Gに切り替えて落ち着いた英語で行った。

「メイデイ、エイカスB1、エンジン停止。位置、築城から二百七十度百五十キロ、七千メートルを滑空降下中。事後の企図、進路二百四十度で有明海にて緊急脱出。以上」

地上指揮所からの指導上の送信はなく（受信できず）、暗算ではあるがこのまま逆風の中を進んでも大牟田市付近の海岸を通過できるはずだ。

冬の西風（向かい風）は上空では強く時速二百キロにもなる。外は暗く厚い雲中で、風防の不気味な風切り音を聞きながら、飛行計器は電源を失って使えず、速度計、高度計、昇降計、旋回傾斜計、磁方位だけを頼りにひたすら翼の水平を保って滑空する。暗い雲中と激しい乱気流の中、自機の傾きと機首の上下角度を同時に示すジャイロ式姿勢指示器が使えない計器飛行（例えば目隠しで自転車に乗るような状態）は何と難しいことか。この速度でのタービンの空転で辛うじて動く作動油ポンプからの油圧では舵が重い。容赦なく高度な技術が試される。しかし、限られた計器を信頼して正しく飛行することが生き残るパイロットの条件だ。模擬ノージャイロ計器進入訓練は学生時代にやった。あの数回の模擬訓練のお陰で私はこの緊急事態下でも飛べている。

まだ雲下に出ないが標高の高い山は過ぎており平野のはずだ。大丈夫だ。降下点検では大切なパラシュート即時開傘するための『フックオン（脱出後、高空での開傘による急静止ショック、低酸素、凍傷など人体への被害を防ぐために気圧計により四千五百メートルの高度に達したら自動開傘する装置）』、『ピンズアウト（射出座席の発火安全ピン二本を抜く）』を確認した。

二千リッターの燃料を残した機体がもし海岸線を越えることができなければ、大牟田市近郊には市街地と工場地帯が広がっていることから、地上の被害を考えて最後まで脱出できないことも頭に入れ、ある葛藤をしていた。このF－86F704号機に起こった『実情（外装タンクのスイッチ設定を確認せず）』を、チャンネルGのまま加えて放送した。生還できない場合は事故原因調査のために、空自のF－86F全機が飛行停止になることを避け、日の丸の付いた乗機には潔くありたい。もし脱出に成功して生還しても、パイロット・ミスとして生涯、重い十字架を背負うことを覚悟したからだ。生かす人間か否かは神様が決められることだ。飛行できる限り、地上の安全を確認するまでは最後まで頑張る。そう決意した。

前方は少し明るくなってきたが、高度計が千メートルを切ってもまだ風防に水が弾くだけでまったく視界が広がらない。雲高（底《そこ》）はどれほど低いのか？

あと数秒で最低安全高度（降下する航空機から座席ごとロケットで打ち出され、座席と人体が分離する時に引き出されたパラシュートが完全に開傘するまでの高度損失に安全値を足した高度）と規定された六百メートルを確実に切ってしまう。この一瞬にも緊急脱出の成功率は著しく下がっている。しかし、戦闘機乗りにはもっと大切なものがある。

一九五九（昭和三十四）年六月、沖縄の米空軍嘉手納基地から飛び立ったF－１００戦闘機が機体異常のため乗員は緊急脱出。無人の機体は、米国の統治下にあった旧石川市宮森小学校に墜落し、学童十一人を含む十七人が死亡した事例が浮かんだ。

個人の安全と社会の犠牲についてのこの衝撃的な事故の話を私は教訓としていた。浜名湖での同僚の殉職も忘れず、今は自分の基準を持っているが、彼とまったく同じ状況になりつつある。また、決死の脳裏に断片的にも懐かしい思い出も過り、不思議に恐怖を拭い去ってくれる。

昨年、幹部候補生学校を卒業した後の五月、高校時代に同期生だった三木啓子と結婚した。あの疾風怒涛時代の高校生活で、野球部に所属していた私には女子バレーボール部の主将をしていた啓子に敬意を抱いていたことがあり、将来が少し見通せるようになった操縦教育課程のある時から文通を始め、お互いの出来事を主に文面で共有してきた。淡いほのぼのとしたやり取りの延長だった。その励みで長く厳しい操縦課程を乗り越えることができたのかも知れない。結婚してからは基地近くの借家に住み、一年足らずの幸せな楽しい生活の一コマ一コマが浮かんでくる。

両親と妹たちが笑って手を振る姿も……。

不思議なことには、天女が上空から現れて乗機を持ち上げながら翔けているような心境にもなった。この天女は私が幼い時から傍にいてくれた懐かしい人のような気がする。

「どうしても、何としても一メートルでも海に出たい！　絶対に地上の安全が欲しい！」

ついに、雲下に出た！　激しい雨が降っているようではっきりとは映らないが、前方に霞んだ一本の細い線が左右に広がっているように見える！

「やった、海岸線だ！　海に出られる！」

何と幸運なことか。咄嗟に判断し、計算し、確信して滑空、誘導した結果が、今、「吉」と出た。

二本の高い煙突の上空を海岸線とほぼ直角に通過して海に出た。苦しかった前方の陸地が海上の風景になり、胸を撫で下ろした。


「ああ、良かった！　地上の安全が確保できた！　神様ありがとうございました！」


私はただ、ただ感謝した。

最短コース上を飛行し、最大滑空距離を得て来たのだ。思いのほか西風が強かった。機長にとっての緊急脱出の条件も揃った。これで地上の市民を事故に巻き込むような可能性はほぼなくなった。後は自分の脱出が成功するかどうかだけだ。脱出後の無人機となった機体がもし反転しても、確実に海没するよう一キロでも二キロでも遠い洋上へ運びたい。下方の漁船の安全も確保できそうだ。

最低安全高度の半分しかない高度三百メートルまで海面に迫ってしまった。大きな口を開けているような黒い波がすぐ下に見える。機首をやや上げてほぼ失速速度寸前まで速度を貴重な高度に換えた。減速によりタービンの回転が落ちたせいで更に重くなった操縦桿を押し、失速を避けるためＧ（重力加速度）を抜き、ほぼ無重力状態で息を呑んだ。

飛行隊長石川二佐に謝罪と感謝を、母親には救命を、もう一度妻の待つ家庭に戻して欲しいと願った。ごく自然に三方の顔が浮かんだ。

左のアームレスト（肘置き）を上げ、次に右のアームレストを上げた。体は座席に引き寄せられてロックされ、風防が火薬でレールに沿って後方に打ち出された。続けて右掌のレバーを握った。黄色い噴射ガスとともに座席ごと強烈なロケット推進で上方に打ち上げられた時のG（性能としては15G）で私は失神した。

長く眠っていたかのような不思議な状態から、体を張り付けられたような強烈なショックで目覚めた。回転しながら自由落下中にパラシュートが開いたのだ。幸運なことに、海面はすぐそこだが空挺団で訓練したとおりに減速されて降下している。

「成功した！」

しかし背中が酷く痛くてまったく呼吸ができない。次の瞬間、

「バーン」

コンクリートのような衝撃で尻と背中から海面に激しく叩きつけられた。その勢いで重装備の体は海中に沈んでいった。

高空から薄暗い海中へと環境は一変した。一時の呼吸も、目を開くことも、立つこともままならない世界！　何もかもが海面に浮上するのを妨げる……。

フカの恐怖

背骨と右肘《ひじ》を脱出時に負傷して身動きがとれず、着水したあとパラシュートから離脱できない。その索《さく》が脚に巻きつき、しかも一人用救命浮舟は自動膨張せず、両脇のメイウエスト（三日月状の小さな浮き袋）は左側だけが膨張した。

パラシュートは錨のようになって更に私を海底に引き込もうとする。フカが右上腕、肘の擦過傷からの出血を嗅ぎつけてやって来ても易々と食われるわけにはいかない。狭いコックピットから打ち出された時に右の機体フレームに接触したものだ（殉職した長身の佐々木は両ひざを欠損していた）。海中で格闘してでも、刺し違いになっても絶対に諦めてはならない。足下を突然食い千切られることが恐い。

常に海面から一、二メートルほどの水中にあるため、生きるためには上昇して、海面で大きな呼吸をしては沈むことだけが精一杯になってしまった。ヘルメットもGスーツも海中で脱ぎ捨てて泳ぎに泳ぎ、海水も飲んだ。航空学生時代の水泳訓練、玄界灘での遠泳を思い出しては自分を励ました。

航空学生時代の適性検査の発表前日、同期生九十人が福岡県玄界灘を漁船の伴走で、二列の縦隊で助教の「えんやこーら」に合わせて発唱しながら八時間を泳ぎきり、自信をつけてくれた。

「二日でも三日でも泳いで見せる。それまでに必ず見つけてくれる！」

その後、二、三キロ離れた上空を二番機が低高度で私の生存を確認しようと旋回しているのが見え、希望が湧いてきた。

「頑張るぞ！　生きるぞ！」

心で叫び、水面に出ては両手を広げて振った。しかし僚機には十分な燃料が残っているはずがなく、やがて機影は消え、爆音は遠ざかっていった。黒い雲が低く垂れ下がり、雨が降っているのか、東の九州山脈も、西の島原半島も視界に入らず、荒れた海面だけが目に入った。

その後どれほど経っただろうか。半分の時間が水面より下にあり酸素欠乏のため体力はいよいよ尽き始めて、視野は翳《かす》んで狭く、手足は痺れて思うように動かず、意識も薄れようとしていた。このまま深く眠れるような気持ちになった。

「もう疲れた、泳げない。目もよく見えない。しばらく寝よう！」

再び沈んで海水を飲んでは我に返ることを繰り返した……。

突然、海中にロープが投げ込まれ、漁船の船底とスクリューの渦が頭上に接近してきた。

「助かった！」

超低空で旋回してくれた僚機が漁船を導いてくれたのだ。

私はロープをつたって船上によじ上った。

「自衛隊さんよ、まだ海の中は寒かばい！」

船長はそう一言発して、急いで港に向けて船を走らせた。救命具から自動発進されたビーコンを受信して、芦屋基地からの空自と大村基地からの海自の救難ヘリコプターがほぼ同時に上空に飛来し、私は空自機に吊り上げられて、母基地築城に向かった。

機上救難員の止血の応急手当を受けながら、生還することの嬉しさより、自らが事故機を滑空誘導させた同経路を飛行する救難ヘリの中で複雑な気持ちになってしまった。

卒業したばかりの幹部候補生学校では、幹部の左腰の水筒の水は傷ついた末期の部下のためのものであり、右腰の拳銃は最後まで部下を守り抜くためのものと教えられた。両方とも部下隊員のもので自分の護身のためではないと。

今の私は重大な過失で貴重な国有財産を無にした上に、航空救難の実任務により救助され搬送されているが、パイロットと救難員は失意の私を優しく目で労ってくれる。地上の第三者の生命を守りきれた安堵だけが震えを少しは抑えようとしてくれるが、基地では上司や同僚にどんな顔をして会えるのか……。

試練

駐機したエプロンでは、石川隊長以下多くの先輩、同僚パイロットに迎えられ、生還を喜んでもらった。海水に長く浸かって腫れ上がった目、乾き始めて塩で白く乱れた頭髪、右袖が大きく裂けた飛行服の上から三角巾で止血され、ライフジャケットを着けたままの私がヘリから出た時、元気な姿を見るや飛行隊長が一番に、

「大地！　よう帰って来た！　よかった！」

「隊長、申し訳ありません」

「大地、明日からまた飛ぶぞ！　なっ、飛びたいだろ！　明日のスケジュールに上げるぞ」

飛行班長（次席パイロット）に肩を叩いて励まされ、生還を喜んでもらえた。原因の送信が届いていたこともあり、事故の因果関係は明白で、正直者が上の人たちから、「いじられる」のがここでも起こっているようで、お気持ちは嬉しかったが、小さくなっていた。

私の思い込みや不足な面から起こった原因ではあるが、もしあの送信をせず、帰還してからも偽りの証言で自己を正当化すれば、直ちに執拗な事故調査が始まり、異なった様相になっていくだろう。何れにしても選択した結果で、後戻りはできなかった。

興奮状態から醒めていない私は、基地医務室で一夜を明かすことになった。上司の意図で、事故の原因と機長の責任から万一のことに備え、医務室廊下では桑原をはじめ同僚たちが一晩中室内を覗き込んでくれていたとのこと、飛行班では私の生還を祝う宴を即日に設けようとして自粛したということを後年になって知った。これを彼から聞けたことでも生きていてよかった。

私は、もし助かれば、十字架を背負ってでも生きることを覚悟した。命に代えて責任を取るという気持ちさえ持てず、再びF－86Fに乗って頑張り続けたい。鈍感で不謹慎かも知れないが、私が命を懸けるところは違う。国の有事にコックピットで戦う時だけがその時だ。そう思った。

「このままでは終われない。必ず戦列に復帰し、返り咲いて見せる」

医務室に収容された後、上司の指示で同僚が妻を迎え、医務室に運ぶ労をとってくれた。妻は私の元気な生還を見て、顔が一瞬ほころび、思わず泣いて喜んでくれた。彼女は状況をよく理解してくれて、下着類や洗面具などを詰めたカバンを置いて、首を大きく縦に振って退室した。ショックと安堵で声が出なかったに違いない。もう少し一緒に、側にいたかったに違いないが、国や部隊の皆さんに迷惑を掛けていることを意識したからこその我慢だった。

心身に傷を負ったままの私は、基地司令にお供して柳川市在住の「命の恩人」である船長、樺島様宅にお礼訪問し、また、後日、司令は築城基地に船長ご家族を招待され、食事会が催された。私が三等空尉（少尉、警察官で警部補に相当）に任官したことも紹介されて皆様に祝福された。

このような心温まる場に事故当事者を置いていただけること、そして『生かされたこと』に私は深く感謝し、必ず報いたいという気持ちになった。これから身に降りかかる辛いことに耐えなければならない。神に護られた命は大事にし、絶対に負けてはならないと誓った。

緊急脱出時の重力加速度で胸椎《きょうつい》と腰椎《ようつい》を骨折し二カ月入院療養した私は、覚悟していたことではあるが、パイロット・ミスで飛行機を墜落させたという噂が耳に入ることが何度かあった。近郊の病院に入院中には、病室のドアの外から聞こえる第三者の年配の女性の会話には実に辛いものがあった。

「ここの部屋に入っている自衛隊さん、ポカで飛行機を落としたんだってよ。やだねえ！」

「税金の無駄遣いだよ、ったく！」

脊柱をギプスで固定し、横になって動けない状態で処罰を待つ身には、これほど辛い仕打ちはなかった。小さな基地の町では、隊員家族だけではなく、知らない人はいないのではないかと思い込んでいた頃、この会話を聞いて私を不憫に思う妻は号泣した。新婚の妻にそうさせる自分の腑甲斐なさに、私も天井を睨みつけて悔し泣きした。これが最後で、今後何が起こっても決して泣かないことも自分に誓った。

「早く回復して飛びたい。他の事はどう思われても、どうなっても構わない」

基地司令により、飛行隊長の立会いで、機長に対する「規律違反」の罰則が伝達されたが、ご高配によりこの処罰は比較的軽く半生残るものではなかった。また、基地所在隊員全員の前では事故に際して私が取った判断と行動を称えてもらった。

その後の訓練では、搭乗時に操縦席から見えにくいスイッチやサーキットブレーカーが不適切な状態になっていることを発見した。その時は他のパイロットか整備員が必ず私の処置を見守っていたことに後で気付いた。彼らも指示を受けて辛い仕事をしている。この種の試みは、絶対に家族のような飛行隊長の計画によるものではない。必ずクリアーしてみせる。

真の敵は決して他人の評だけではない。これからも戦闘機に乗りたい気持ちは変わらず、この世界で次に失敗はできない、しないと決意をすることの辛さだ。

『武』だけでは鉄人になれないことを、過去の失敗や本件を通じて、持ち合わせた適性の程を真摯に受け止め、自分の身の丈に気付き始めた。エースパイロットやトップガンにはなれないかも知れない。

「必ず、『文武』の実力を備えた強く大きなファイターになって見せる！」

私は自身の拠り所をこのように誓うことにした。剣士だけでなく高潔になれる付加価値を持ちたい。『武』の職務上の特技に加えて『文』の道も併せ持ちたいと意識し始めた。

「パイロット資質以外にも何かを見つけて強くなりたい。今のままでは、心身の後遺症を隠しながら漫然と搭乗配置にしがみつくポンコツパイロットになってしまう」

『文』への進出は主力戦闘機に乗って活躍した後のことにして、それまで勉強して自分を磨き、力を蓄えておこう。目標を定めることは夢を抱くことに繋がり、雑誌では英文の『タイム』誌購読を、小説では『坂の上の雲』（司馬遼太郎）全巻を一気に読み、主人公の秋山好古、真之兄弟をモデルと崇め、海軍大将山本五十六の駐米武官と軍縮交渉での努力は文武両道のバイブルになった。日常の試練の中にロマンを抱けることは幸せだ。

核実験

コックピットでの各種手順のイメージフライトや筋トレなどで備えた後、技量回復訓練と編隊長練成訓練が続行された。やがて編隊長資格が発令され、私は日頃の訓練やスクランブル発進に編隊長として経験を重ねていった。

この時期は、中国が核実験を続けており（一九六四〜一九九六年の三十二年間に四十五回）、地球の自転で起こる偏西風に乗った放射性物質が日本の上空に運ばれることが大きな問題とされていた。政府の関係省庁からの要求で、集塵飛行が新たな任務として加えられた。F－86Fの片翼の下に特別なタンクが取り付けられ、中国大陸に最も近い、日本海、対馬海峡、東シナ海上空の成層圏を飛行して、偏西風で運ばれた放射性物質を収集し、その濃度を調査するのだ。

高高度を飛行するだけで地上の百倍以上の放射線量を浴びる。しかも、圧縮した外気を取り込んでキャビンを与圧し、酸素分圧の不足分を純酸素ボンベからマスクに取り込む。まさに体内外からおびただしい量の放射性物質を浴びるのである。特殊タンクに取り込む同じ濃度の放射性物質を自分の体にも取り込むという、この上ない危険が顕在する任務であるが、この任務を遂行できるのは戦闘機パイロット以外にはあり得ない。この任務は全乗員が対象で、ほぼ平等にかつ定期的に続けられた。私も何回か任務を遂行し、飛行後に機側で待ち構えていた関係者にガイガーカウンター（放射線測定器）を当てられた。

『ガガーガー』

と測定器は大きな音を立てて鳴り響き、関係者は驚き慌てていた。支援のために集まった整備員たちは、被曝に向かうそのようなパイロットを実に悲しそうな顔で見つめていた。

私の所属する基地野球部の監督でもある整備士・末松一曹は息子のように気にかけてくれ、常に階級上の敬語なしで話しかけてくれる。事故の負傷から回復した後の、二度目のガイガーカウンターの反応を見て、亀の甲羅のように背負ったパラシュートの上から手を添えて、何度も叩いてくれた。

「大地三尉、元気で頑張ってくれよな！」

彼の顔は歪んで目が赤く光っていた。

桶狭間への出陣に際した思いを、『敦盛』の一節、

「人間五十年、下天のうちを比ぶれば、夢幻の如くなり。ひとたび生を享け、滅せぬもののあるべきか」

に譬え、本能寺における辞世にもこれを吟じ舞ったという織田信長だが、私はまだその半分しか生きていない。これから授かる新しい家族のためにも生き永らえたい。今の任務

からは遥か遠い先の、淡い願望に過ぎないが、今日の任務は無駄に命を削るものではない、国民を護る重要な務めだと納得していた。

私たち自衛官は『事に臨んでは危険を顧みず、身をもって責務の完遂に務める』ことを宣誓している。このような個人の小さな犠牲で一億の国民の健康と安全を守れるなら、それが矜持というものだ。このプライドが被曝の恐怖を拭い去ってくれている。

『文』への誘い

旧海軍航空隊以来、米軍進駐を経たこの築城基地の存在が地元の経済活動に潤いを与え続け、古く歴史的に防人が配置されたこの九州では、自衛官は比較的身近な存在となっている。

初任地であるこの築城で、私は地元の一人の女子中学生に英語を教えるという貴重な機会を与えられていた。「身軽な若いパイロットで英語を教えてくれる人」という狭い口コミで、比較的英語が得意で、ここ初任地部隊配属以来通信制大学で勉強を続けている私にこの責任の重い務めの矛先が向き、先方宅での家庭教師であり、無償であることを前提に快く受けることにした。しかし、パイロットは夜間飛行訓練やアラート待機、飛行場当直などの任務だけでも約束できる曜日がままならないほど忙しい。課された分掌業務や翌朝の緊急手順プレゼンには手は抜けない。

　中学三年生のこの女学生は一人娘さんで、素直で意思がよく伝わる賢明な子だ。問題は中学一年生からの英文法が十分に理解できておらず、英語が最も苦手な科目になっていた。真面目に取り組み、指導は順調で、学校での各種テストも伸びていった。中一、二の英文法の基礎が如何に重要であるかがお互いに確認できた。私は民間の方々の学習指導という貴重な機会を名誉に思い、十分な予習を怠らないように努めた。指導が終わった後に、時にはご親戚や知り合いの方々も集まって来られてお酒をご馳走になったこともある。視野が特に狭くなっていると感じていた私には、何よりの報酬だった。

　事故に遭った後の療養中に、このご令嬢は、長崎県にある名門の女子学院高等部に合格されたという報告をご両親からお見舞いかたがた受けた。授けた半年余りの英語指導だけではなく、受けたご厚情と自身の研鑽意欲への動機付けは、私の将来への歩みに極めて大きな影響を与えるものだった。親子共に学歴を問わず、航空学生出身の若い戦闘機乗りの私を信じてくれ、

「先生、苦手な英語がわかるようになって嬉しいです。ありがとうございます」

　そう本人からも感謝されることは、何にも代え難い喜びで、自尊の気持ちは心の奥深く刻み込まれた。この個人指導で大きな喜びを感じた理由には、自分自身が大学に進学し、

その後も生涯を通じて英語を学び続けたいという願いが現実の職業選択により叶わず、その情熱をこの指導に自然に向けていたことにもある。

武勇伝を語れるような英雄になるよりも、子供の内面への影響力と充実感を持てたことの幸せを忘れずに、『文』への探求心を生涯持ち続けたい。私はこの時から操縦以外のもう一つの価値ある取り組み、実用英語に具体的な将来像を合わせ描こうとし始めた。

F－104Jスターファイター

F－86F編隊長として新しいスタートを切って二年後のある日、ロッキードF－104J全天候超音速戦闘機への機種転換が打診された。これまでの事故の経緯からも、更に戦闘機乗員として高性能、高加重（G）でパイロットへの負荷が遥かに大きい任務に耐えることができるかを、本人の意思を尊重する配慮が多分に感じられた。どの機種転換命令も概して本人の意思確認を経てなされるが、このF－104Jが別格であるのには経緯がある。

高性能に加え、レーダー操作による単座全天候任務へのより高度な操縦適性の必要性や、低速度での飛行特性に極めて危険な失速特性を代表する『ピッチアップ（急激に機首が上

F-104J スターファイター戦闘機

がり、回復できないとされる悪性失速)』があることなどから、事故率の際立って高い戦闘機なのである。他の保有国では『ウイドー・メーカー（未亡人製造機）』という汚名がついている。（実際、西ドイツに配備された約九百機のF－104Gの三分の一近くが事故で失われていた）

この『最後の有人戦闘機』とまでその性能を評価され、『栄光』という呼称もあるF－104Jに乗れるステップアップのチャンスを頂けて、跳び上がるほど嬉しかった。

私は「はい！」の二つ返事で応えた。

米国ロッキード製のF－104Jはマッハ2（音速の二倍の速度：標準温度で時速二千四百キロ）で飛行し、その加速と上昇力は素晴らしい。第一回目の複座型飛行時の離陸滑走を忘れることはできない。時速二百キロ辺りから機体が浮き上がる四百キロの数秒間は、その加速度の凄さから気管支が圧迫され声が出せなかった。またその後の音速突破には体感も視界にも何の変化もなく速度計の針だけがマックナンバー（音速の倍数）を刻んで行き、マッハ2に達する頃「slower-slower-slower」と女性の声でアラームが流れるが、J79エンジンは伝説の名女優マリリン・モンローのような流線形の機体を更に押し進める余裕がある。そして、もし陸地を飛行すれば音速突破時から地上に次々と衝撃波が伝わり、大音響と窓ガラスが割れるほどの衝撃を与えることになる。

後には、事前に加圧された純酸素を吸い続けて脱窒素された体に、専門員の支援で与圧服（適格者だけに個人装具として仕立てた高価な宇宙服）を装着して、天を突き刺すような勢いで二万五千メートルの成層圏に翔昇った。血液の沸点を迎える気圧高度を過ぎると低酸素でアフターバーナーが失火して減速する。そこでは太陽の地表での反射が弱まり、空は薄暗く、水平線はやや丸みが感じられた。

宮崎県の新田原基地での機種転換訓練を終えた私は、石川県小松基地第205飛行隊に配属された。ここではF－104Jに搭載されたレーダーを駆使してのミサイル、ロケット要撃をはじめ空対空ダート射撃（曳航されて高機動する標的への二十ミリ機関砲射撃）などを主に訓練して、アラート（警戒待機）勤務にも就くようになった。

その後、また三年が経ち、編隊長、指導者として彼我《ひが》不明機へのスクランブル発進は既に五十八回を経験していた。

ソ連と米国を軸とする東西陣営（ＷＰＯ、ＮＡＴＯ）の冷戦の最中に、主に日本海を南下するソ連の偵察爆撃機にスクランブルする回数が急激に増えていった。

第四章　剣士の奮闘

暁のスクランブル

一九八〇（昭和五十五）年一月、その日の石川県小松基地では滑走路の除雪作業が続いており、しかも続く降雪で飛行機の運航上の最低気象条件を満たさないほどの悪天候であった。

滑走路端から短い誘導道路で引き込まれたこの特別な格納庫には、実用装備を開始したばかりのＡＩＭ－９Ｅ赤外線追尾ミサイルと二十ミリ機関砲で武装された四機の戦闘機が絶え間なく待機をしていた。

そこから滑走路に入る付近までの照明が映し出す午前三時の天候は吹雪いて光は反射し、一寸先も見えない。このような時に国籍不明機が出現しようものなら、一体どのようにして国を護るのか。

発令後、五分以内に離陸しなければならない即時待機で、救命個人装備のジャケット（警笛、反射板、応急手当具等を収納する）とメイウエスト（手動膨張の小型浮き袋）を着けたままの私と、三期後輩にあたる僚機の宮田二尉は、数分前から防空レーダーに捕捉された日本海を南下する彼我《ひが》不明機の航跡情報を地図ボード上で見守っていた。このような天候だからこそ、空自の戦闘機は発進できないだろうと狙われるのだ。

宮田は聡明でスポーツ万能、ＡＩロボットに笑顔と温厚さを載せ替えたようなタフマンだ。日頃から私は彼の機転の良さに感心し、彼も私の空戦に関する拘りの指導も積極的に聞き入れて逞しい僚機に育っており、任務に関する指揮関係は特に厚い信頼関係で結ばれている。相手が何機で来ようと臆せず編隊長として任務に専念でき、彼は私を援護してくれる。

航跡はいよいよ防空識別圏に接近し、私は発進を覚悟した。

発進指令は各レーダーサイトとリンクする航空警戒管制部隊の先任指令官に委任されている。この緊迫した状況では、『コックピット・スタンバイ』（発進の時間的な損失を少なくするため座席内で待機する）が発令されることが多い。


「ジャーン　ジャーン」

午前三時三十分、待機室のベルの大音響で直接に『スクランブル』が発令された。

格納庫にサイレンが鳴り響き、私と宮田は待機室の扉を蹴り開け、一、二番機に掛けられた梯子を駆け上る。過去に何十回とこの経験があっても、ダイレクト・スクランブルは心臓が飛び出しそうになる。（スクランブルとはこのような操縦者と整備員が一斉に作戦機に駆け込む状況で、フライパンの炒り卵に由来する）

コックピットに飛び込み、荒い息でパラシュートに腕を通しハーネスとラップベルトを締める。その間に整備員がエンジン始動を手伝い、ヘルメットを被り、酸素マスクを締めた。タービンの回転が身体に伝わり、金属音が高まる。エンジンはアイドル回転に正しく収まった。無線機のチェックを兼ねて、

「2 Ready（僚機準備よし）」

「1 Roger（長機了解）」

「Tower, Major19 request taxi and scramble order.（管制塔、一番機より誘導路走行、及び緊急発進指令を要求する）」

合図を整備員に送り、車輪止めが外される。出力を上げて二機の戦闘機は格納庫を出て行く。整備員は右手親指を立てて異常なしの合図を送り、各機長に一斉に敬礼をする。

誘導路走行中に飛行場管制（ＡＴＣ）から受領した発進指令内容を復唱した。

二機の戦闘機は、除雪半ばの未明の滑走路を発令後僅か四分足らずで、積雪を飛行雲のように後方に蹴散らせ、排気口からピンクの鮮やかなアフターバーナー（最大出力を得るためのエンジンの最終段階での噴射燃焼）の炎を引いて離陸し、宮田は二十秒の間をおいて離陸、五キロ後方をレーダースコープ上で追随する。

「2 tied on scope!（レーダー上で長機を確認・追随）」

時速千キロで進路を北北東にとり上昇、彼我《ひが》不明機を識別、監視するために急行する。幾度も経験しているので、無線で発する声はややかん高く、操縦桿を握る手は汗ばむが、普段の訓練と変わることはない。離陸してしまえば直ぐに平常心に戻る。

雲上の月明かりが地上の吹雪を忘れさせ、まるで昼間のようだ。

防空レーダー情報に基づいた自動誘導で不明機に無言で接近中、日本海を新潟方面に向けて南下する数機の機影が私の機上のレーダーに現れた。

「国籍不明機は真正面、距離は五十キロ、レーダースコープ上で分離識別した（すべて英語での交信。以下日本語で示す）」と送信。

スコープ上の小サークルが示す誘導どおり無音声で機動し、更に接近する。

彼我不明機の挟み撃ちに遭わないように最後尾から規定の六百メートルまで接近して、不明機を識別する。高度一万一千メートル、速度時速七百キロで南下している。

ソ連（現ロシア建国以前の国家体制）のＴＵ（ツポレフ）－16バジャー偵察爆撃機が六機もの大編隊を組んで日本に接近している状況を無線で報告した。翼の付け根に二基のジェットエンジンを搭載したスマートな機体であるが、極限まで高速設計されたＦ－１０４Ｊには機動できる最少の気速となってしまう。フラップ（主翼前後縁の高揚力発生補助翼）を「離陸位置」に下げた。自動車でセカンドギアへシフトダウンした感じだ。

次に、この大編隊の指揮官機に企図を伝達するために、最前方機側方に前進した長機の私と、後方のミサイル射程内で僚機の宮田が監視中、レーダーサイトからの音声（言葉）による警告が英語、ロシア語の順で行われたがソ連機の動きに変化はなく、新潟方面に接近を続けている。

「メジャー19、再度、音声による警告を実施せよ」

と指示が来た。チャンネルG（国際民間航空機関で規定された緊急周波数）に無線を切り替え、私は英語とロシア語で計二回警告した。それでもソ連機の編隊は変針せず新潟に接近する。TU－16各機の胴体上部、下部、尾部の二十三ミリ機関砲がずっと私を狙っている。

旧ソ連TU-16バジャー偵察爆撃機

まるでハリネズミのような怪物はいつでも射撃ができるように照準している。尾部の防弾風防越しに大きな二本の砲身と、それを構える緊迫した射手の鬼のような顔とゴーグルまで月明りではっきりと見える至近距離だ。

次に、基準に示された機体による警告が指示され、更に前方機左側の領土側に接近して翼を大きく左右に数回振った後、右に傾けた。

依然としてソ連機に反応がない旨を報告する。

間もなく日本の『領空』（領土から二十二・三キロ以内の海面『領海』重直上の空間）

にこれらの爆撃機の大編隊が侵入する。

「19アーモホット（編隊長機は機関砲に通電）」

「20アーモホット（二番機同じ）」

二番機の宮田に対し、「自分が『警告（憲法九条により威嚇はできない）射撃』を行う際には、相手の全射手が自分に向けて一斉に発砲する可能性がある。そのような事態でも決して報復せず、ありのままを無線で放送し、また帰投して詳細に報告するように」と事前に指示を出してある。これは逃げ腰ではなく、そうしなければ国内法的に過剰防衛で有罪となるからだ。同様に僚機が撃墜されても、次は編隊長自らが攻撃されるまで手出しはできないのだ。

警告射撃命令に備えた私は、曳光弾を含む二十ミリ・バルカン砲弾を相手機首前方に向けて、二連射で二百発程度を発射する態勢をとる。この砲一門で一分間に四千発の砲弾を高速発射する性能を持ち、一発で直径十センチの貫通弾痕を残す威力がある。しかし、未だ空白には警告射撃の事例はない。

「撃ちたくない。何とか避けられないものか！」

「威嚇すれば相手に攻撃する理由を与える。撃たれる！」

「撃てない、撃たれたくない！」

祈るような気持ちで操縦桿の引き金に人差し指を添えて、安全ピンとワイヤーが外されているのを確かめた。

五秒、十秒がとてつもなく長い時間に感じる。

射撃をするようなことになれば修羅場となる。

このまま大編隊が南下すれば、上越線に沿うように国土を横断し、都心を経て東京湾に出ることになる。国民と領土を絶対に蹂躪《じゅうりん》させてはならない。今、撃たなければ護れない！手遅れになる！


私の決死の葛藤が伝わったかのように、最前方のＴＵ－16が緩やかに右旋回を開始し、続いて全機が変針した。

元の周波数で直ちに状況を報告した。

「ああ、よかった！　よかったア！」

私は胸中で、そして大声で安堵の叫びを繰り返した。

大編隊がソ連沿海州に向けて防空識別圏を出て行くのを見届け、帰投命令を受けた。計器のみを照らす暗い孤独なコックピットでは、脂汗が飛行服を伝わって靴へ滴り、光っていた。広大な日本海の真ん中で距岸四百キロをこれから南下、帰投する。天候不良での着陸のため、茨城の百里《ひゃくり》基地を代替飛行場とする燃料は残している。

能登半島に差し掛かった時、東の空は僅かに明るく、天候が少しでも回復しつつあるのか、富山、金沢の夜景も雲の隙間に僅かに見えた。この緊急発進で、一身をもって護るべき大切な多くの命と国が存在することへの誉《ほま》れと、市民の一夜の平和な眠りを護って職責を果たした充実感で目頭が熱くなった。この国のファイターとなってよかったと私は実感した。このためだけに生まれたスパルタン（古代ギリシアの奴隷剣闘士）のような自分であったとしても嬉しい。

いよいよ、これから最も注意を要する夜間の最低気象条件での超音速機の着陸が待っており、心身の気付かない疲労からヴァーティゴ（空間識失調）の誘発にも備える。

再び黒い雲の中、時速四百キロで地上のレーダー管制の誘導により編隊で着陸進入するが、燃料消費の大きいこの着陸進入は一回を限度として、滑走路が見えない時には直ちに百里基地に向かうことだ。雲の下はまだ吹雪で視界が悪く、間もなくGuidance Limit（レーダー誘導限界点）に達するがまだ滑走路の明かりは見えない。ここがパイロットの勇気ある決断のしどころで、無理な着陸を促す悪魔が現れて過去に多くの事故が発生している。左手はスロットルを直ちに押し進める再上昇の準備ができている。

管制官の「Now guidance limit, take over visually!（誘導限界点に達した。進入誘導を終了する。適宜有視界方式に移行せよ！）」を聞いたその瞬間、猛吹雪の中に滑走路灯が正面に一瞬光った。

「Runway in sight!（滑走路を視認した！）」

僚機の宮田は風上の右側やや後方にぴったり着いている。

二機の戦闘機は同時に接地し、まず宮田が制動パラシュートを開いて後ろに下がったのを確認して私もパラシュートを開く。武器を使うことなく、任務を果たして無事に小松基地に着陸した。待ち構えた燃料車が横付けして給油を急ぎ、整備員は機体を点検する。

更に次の発進に備えて一息も吐くことなく注意点を確認し合う。普段から厳しい訓練を重ねた強靭な私たちは、燃料補給さえ終わればいつでも再発進できる。

防空レーダーは再び日本海を南下する航跡を捉えた。格納庫で即時待機をする別の二機はエンジンを回したまま発進準備を完了し、コックピットで待機を続ける。『バトル・ステーション（前進待機）』が発令された。ソ連軍の挑発は東西の冷戦の中で燻り続けるように繰り返され、私には警告射撃が避けられない事態がいつ発生しても対応する覚悟はできていた。しかし、その次の強制措置についての法的根拠に、空自戦闘機パイロットは強いジレンマを抱いている。


（参考：アメリカ・ソビエト連邦の二極化した冷戦時には、不明機が日本の防空識別圏を通過して空自機がスクランブル発進する回数は激増し、冷戦末期の一九八九年には年間に八百十二件を、

更に二〇一八年には九百九十九件を記録し、主舞台は日本海から東シナ海の中国軍機へと移行した）

石川県の小松基地のＦ－１０４Ｊ飛行隊に配属されて以来、私は三代にわたる隊長に仕え、表芸である戦技の指導者の一人に育てられた。また、これらの上司（防衛大出身：以降、学派と呼ぶ）を敬服し、文武両道と高潔の手本とするほどに恵まれた時期を過ごしている。

「防衛大学校」は幹部自衛官の主流であり、在学中に大半が陸上、そして海上自衛官要員に指定される中を、狭き門である空自へ。その中からパイロットになれるのは限られた人材だ。

一方、私の出身である「航空学生」は、空自のパイロット専門養成制度（海自航空学生制度もあり、共通の学科、適性試験で別な採用基準をとる）であり、この任用から空自の約七割のパイロットを輩出する主流だ。空自で、ジェットに乗れる進路に早く進みたい一心から受験する者が大半であると思われるが、個人的には様々な事情があることだろうと思う。

飛行隊では立派な先輩にも恵まれて生き甲斐を感じていた。上位者や先輩たちは個性的でユーモアがあり、人としての魅力に満ち、共通して知的好奇心に溢れていた。言葉を選

通常飛行時の酸素マスクとヘルメット

F-104J 与圧服着用で高高度要撃訓練へ

んだ明るい会話の節々に、ファイターとしての誇りと、生死を超越した者の温情を感じさせてくれた。もともと私が航空学生として入隊して以来、周囲の同僚も各々のプライドをその心の奥底に秘めているように感じたものだった。

しかし、そのような環境に満足していてはならないと、私にはどこか体制に流されたくない反骨を自覚する時があった。学派ではない自分は、険しい自らの道を切り開いて、対等に渡り合える以上の実力を養わなければ取り柄はないと考え、ストイックなほどに自分に厳しくなっていった。

剣士と同様に、諸条件と手腕が相手に劣ればそれまでの命で、その時点で国の防波堤は崩れる特別な任務だと私は心得ていた。三十歳、一等空尉（大尉、百人規模の中隊長。警察官では警部に相当）になったばかりの私は、その出身柄、年齢に対して飛行経験が多く、教官、四機編隊長資格の面からどの任務にもコマが入りやすく、月間飛行時間は群を抜いて多かった。空自パイロットは規定された、特に危険を伴う試験飛行等を除いて、乗務する時間単位や発進回数で航空手当額は左右されず一律だ。それだからこそ飛行実績は大きな誇りだ。

訓練空域での実戦さながらの訓練に加え、私は帰投に及んでも残燃料と時間が許す限り、激しく機動回避する自機を標的とした機関砲の追尾照準練習を僚機に命じる。敵機が迫り死角となる自機の六時方向をバックミラーで覗き、自らの首も擦り切れるほど後方に回し

て、

「しっかり狙え！　まだ距離が遠い！」

数連射で全弾薬を撃ち尽くす装備の制約のため、一撃必中は絶対に譲れない。さもなければ剣を捨てて斬られるのを待つだけだ。

「最大機動で逃げろ！　もっと逃げんか！　撃たれたいのか！　諦めるな！」

自分が追尾照準する時は実弾装備を想定し、この有様で僚機を追い立てる。

機関砲での戦いは最後の砦となる戦闘機乗員の必須の技であるが、時代は機関砲でのドッグファイト（犬が敵の尻尾に噛み付こうとする巴戦《ともえせん》）による後方からの接近戦より遥かに遠方からの攻撃が可能な空対空ミサイルが主武装だ。熱源の赤外線を限りなく追い求め、しかも近接信管での命中率は著しく高い。

「大地一尉は地上と空中ではまるで別人になる時がある。地上ではおおらかで『寅さん』みたいに優しいけど、上がればまるで鬼のように変身する……それにプライドも高いし」

「実力の世界だからな。彼にはそれだけ自信があるし、航学（航空学生）出身の意地のようなものを感じるなあ。戦技にかけては一歩も引かない」

後輩たちがそう口にしているのを陰で聞いたことがあるが、そこまで言われているのはショックだった。パイロットの任務姿勢やスキルは、及ぼす影響が甚大であるだけに他人評も重い。

確かに私は有事を想定して厳しくはなるし、飛行隊の中核的な立場で強くありたい。私は何と言われても構わないが、自分を含めてファイターは強くなくてはならない。平時だから戦技に拘るより、規定通りにかつ安全にと宣う弱い相棒と編隊を組めば、有事に命は幾つあっても足りない。近隣諸国の航空戦力を比較すれば、有事には一人が敵を十機撃墜するまでに墜とされればこの国は護れないのだ。

大きな機体修理やエンジン交換後などの危険を伴う整備試験飛行の資格も私は与えられ、小さな兆候にも敏感な整備屋泣かせの一面もあるようだ。それは生来の性格に起因する妙な完璧主義にもあるが、仲間パイロットを護ることに加え、私には重要な装備品の保全にも人一倍思う深い理由があるからだ。

法とジレンマ

「あの任務は果たして、成果があったのだろうか？……」

私は次第にそんな疑問を抱くようになっていた。

わが国に脅威を及ぼすソ連の挑発行動が後を絶たず増加する要因の一つが、『法の整備』にあるのではないのかと考え始めたからだ。

北方から日本の領空に接近した六機のソ連機は、その各機が新潟地方の政経中枢、陸海空の交通の要衝、産業施設などに空対地ミサイルの模擬発射をするという偵察成果を収めたことだろう。

わが国では、国対国の脅威に関しても警察官同様に刑法の範囲で対処する。この場合の『正当防衛』は、私が撃たれる、或いは領土上空まで進入されて、爆弾倉が開き投下される瞬間まで適用されない。つまり、現実には攻撃動作を開始されて初めて適用され、しかも行為を終えて逃げる侵犯機への追撃は『過剰防衛』となりできないのだ。

また、撃墜された僚機への報復行為も許されず同様の扱いとなり、国内法で殺人罪等に問われ裁かれる。法治国家でこれほど理不尽なことがあるだろうか。

自衛隊パイロットに束縛と自己犠牲を強いるといえる法が今も通用する日本に対し、世界の常識、いわゆる国際法では、「領空は絶対的、排他的な主権を有する空域であり、国際常識として、指示に従わずに侵入してきた領空侵犯機を撃墜する行動は排除されない」という解釈で通っているのだ。

優れた装備と隊員を保有していても、未だに自衛隊の存在、地位が『警察予備隊』『保安隊』（自衛隊に改名前の名称）と変わらない、違憲組織、或いは暴力装置の別名があるようでは、反撃された場合の自衛権行使のための権限規定も示されないのだ。これを周知の上での外国による暴挙ではないのか。

因みにソ連は領土に迷い込んだ無害通航が明白な大韓航空の旅客機までも撃墜し、数百名の旅客の命を奪った事例があることから、国の主権を護ることの重みはわかっている。国民の安全と、忍び寄る大きな脅威の間で引火しそうな火は消すが火種は残る。平時の実任務としての『領空侵犯に対する措置』を取るにも、外国軍用機の領空、領土進入を主導的に抑止さえできない法の未整備の実態だ。

「正義と秩序を基調とする国際平和を誠実に希求し……武力による威嚇または武力の行使は国際紛争を解決する手段としては永久にこれを放棄する」

という前提の法（憲法第九条）体系により、国民の安全が犠牲になってはならない。

私は威嚇ではなく信号、警告のための射撃に備えていたのだ。

今日、まるで衆愚政治のように憲法論議は政争の道具に使われる。難しい『専守防衛体制』であるからこそ、確かな法の根拠が必要ではないのか。武器の使用そのものより、法の整備こそが抑止力ではないのか。揺ぎない安定した国情であるためには「剣」に劣らず、今こそ民意と政治による法制を顧みる「ペン」の出番ではないのだろうか。

（参考：この七年後、一九八七〈昭和六十二〉年十二月、ソ連偵察爆撃機TU‐16が空自那覇基地発

進スクランブル機の警告射撃に従わず沖縄本島上空を侵犯した。更にその十数分後、同機が空自機の二度目の警告射撃にも従わず、鹿児島県徳之島上空までも侵犯した。警告射撃を実行したパイロットは後年、F－15戦闘機事故により殉職したことが悔やまれる）

F－4EJファントム

改正されることのない法の接点で、空自が半世紀以上も国の防波堤の任に当たってきたのは皮肉なことだ。私自身も戦闘機パイロットとしての強いジレンマを抱きながらも、自衛官である以上は政治的な発言や行動は厳しく禁止されているのを厳守した。そのような未整備な法の下で、私はより高性能のマクダネル・ダグラスF－4EJファントムⅡ戦闘機に機種転換し、そのまま小松で同様な経験を重ねていった。

F－4EJは最高時速の約三千キロでは二十万馬力相当する推力で、加速、旋回性能、搭載火力ともにF－104Jを凌ぎ、乗員二名でF－104Jと同じJ79エンジン二基を備えている点でも信頼性が高い。この「ファントム」の呼称は戦闘機の代名詞のように使われるように、ベトナム戦争当時に量産され西側陣営の守護神のような存在であり続けた傑作機だ。しかし、アドバース・ヨー（機体形状から低速時に意図する反対方向に横転する動き）をはじめ、複雑な特性を持った「じゃじゃ馬」のような戦闘機で、乗りこなすのには心しなければならない。この機体にも慣れ、またその性能を最大限に発揮して、私はやがて二機、そして四機編隊長として防空や対艦攻撃などの各種訓練に勤しんでいた。

一九八二（昭和五十七）年、日米共同訓練の一環として米国空軍第一八航空団（沖縄・嘉手納基地所属）F－15戦闘機との対異機種戦闘訓練（ＤＡＣＴ）が空自小松基地で行われた。

戦闘機の運動性能では旋回率（単位時間での機種方向の変化量：角速度）と加速度に代表され、Ｆ－１０４、Ｆ－４Ｅ、最新鋭Ｆ－15の最大旋回率は大まかにそれぞれ一秒間に、五度、十度、十五度と格段の差があり、加速性も同様の順となる。加えて主搭載武器の空対空ミサイル性能はそれぞれ一世代以上の開きから著しい差がある。有事での国家間の対峙ではたとえ装備が劣勢であっても抑止力となり、いざ出撃では任務を果たさなければならない。

共同訓練の緒戦は、編隊長の私と三期後輩の僚機神藤二尉が編組するＦ－４ＥＪと米空軍Ｆ－15との二対二模擬空中戦闘であった。戦況は、日本海空域での対進での接敵後に相互に相手方向に旋回した後、僚機を直進で加速させて追う敵機との距離を開かせ、私自身

F-15Jイーグル

F-4EJファントム（前席が筆者）

は相手の一機をけん制して編隊を分離させた。その直後に僚機の進路に合わせて援護に向かい、僚機を追った敵の一機の挟み撃ちに成功した。常時高速を維持したままでの旋回を避けた一撃離脱と編隊連携を死守することによって運動性能と武装の劣勢を補う戦法が実り、双方にとって貴重な戦訓を残すことができた。性能で劣勢にあったF－104での私の手法は、このF－4でもその原則は活用できる。

全般には空自のF－4は戦技では善戦するが、技量は搭載武器の性能には取って代わることはできない。空自パイロットの高い熟練度にも装備面の限界が見えた共同訓練だった。

一方で、戦闘機の高性能化と相まって運用も極限まで多様化し、事故は多発していった。安全管理を尽くしても在空であること自体が危険極まりない。わが飛行隊でも一年で二件の大事故があり、所属パイロットの約一割にあたる四人が殉職した。

明日はない、今日を生きる、今日が自分の最後の日になるかも知れない、という気持ちは誰もが持っていた。

特に戦闘機部隊ではオンとオフをはっきりさせており、普段は厳しさと凛々しさを合わせた顔をして愛機に乗り込むが、週末に誰かが「飲もう！」と言い出したら四方八方から集まってくる。事故の連鎖を防ぎ士気を高めようと全員が努めている。

その頃、この小松の地で長男と二歳違いの長女にも恵まれた私たち夫婦は、幸せな北陸生活を送っていた。出勤する時は、その日も必ず元気で帰宅できることを願い、三人を一抱えにして頬ずりすることも毎日の習慣だった。家族のためにその日を生き続けることへの切な願いは、この頃が最も強かったと後に思い起こすことになる。

戦闘機パイロットの日常生活では、動と静の切り替えをうまくやり、心身の癒しを確保することと、個人の充実、例えば知的活動とのバランスが大切だと思う。語学学習は変わらず続け、休日は乳母車を押しながらベルトに吊るした携帯音楽プレーヤーでFEN（米軍極東放送）やCNNを聴き、百編を超えるスピーチトピックスをリハーサルした。また教会に行っては宣教師たちと幅広い話題について話し、自分の知識を口と耳で試した。彼らもその時は布教を忘れ、会話に熱中して楽しんでくれた。その成果があって実用英検一級にも合格できた。この資格と英語技能を将来に役立たせたいと強く念じた上の努力だったが、その成果は人事面で効力を発揮するのだろうか？

今の国の体制下でプレーヤーとして終生務めるより、何れ政策側で抑止力となれないか。言い換えれば安全保障環境に国際的なアプローチができる機会を捉えたいというのが私の語学学習の一番大きな動機だ。エリートでもキャリアでもない私でも、この理想と目標がある以上は修練に励むこと自体が生き甲斐になる。一日でも長く、一時間でも多くファイターパイロットとして飛びたいが、上級幹部と国際舞台への道は狭くても歩んでみたい。そのための努力は何があっても絶対に止めない。そう決めていた。

操縦教官へ

激しい訓練に打ち込む一方で、F－4戦闘機はパイロットに持続するG荷重を強いるため、身体面に厳しい負担を与え続けていた。重力の五倍、六倍を超える荷重が続けば、血液は脳から下半身へ下がり、視力を失い（ブラックアウト）、意識も薄れる（Gロック）。上半身は痺れ、視力を失った眼球が更に奥へと吸い込まれるように痛む。Gスーツに荷重に応じた空気が充塡されて血流が下がるのを防ごうと下肢の血管を締め付け、血管は悲鳴を上げる。大きな重量が急激に掛かる頸骨《けいこつ》、背骨の損傷を防ぐために身構える。戦闘機の性能が向上すればするほど、このように一日に三回、四回と空に上がるパイロットの命を削ることにもなる。

過去の航空事故で傷めた私の脊柱は、その後十年を超える戦闘機部隊で無理を押し通し、飛行後にF－4のコックピットから自力で出ることができないほど症状が悪化して耐えられなくなっていた。ファイターの鬼と化してしまった私は、その後も操縦配置を熱望し、身体的負荷の比較的少ない飛行教育部隊で初等練習機T－3の操縦教官を務めることになった。

最前線の戦闘機部隊から、静岡県大井川河口に所在する静浜基地に転属して教官練成課程を終え、担当学生を受け持ち単独飛行ができるようにと育てるのだ。自分が歩んできた道を、今度は教える立場で職務を果たすことにやり甲斐のある仕事と感じる時は良いが、育てることができずにパイロットの道を断念させてしまうと、教官としての無力感に苦しむ。その時ほど辛いことはない。主任教官で自身が受け持った二人の幹部学生（学派）を育てることができず、二人とも操縦コースを断念させてしまった時は、教官としての資質に悩み抜いた。操縦教育とはこのような点では真剣勝負と思えるほど厳しい一面を実感した。

ここでもオンとオフを教える意味でも、コマンダー（主任教官で学級担任のような存在）を務めた時、コース学生全員を狭い官舎に呼んで天ぷらやすき焼きを振る舞った記憶がある。フライトルームで見る能面顔とは別人のような学生の無邪気な素顔が見られて、大きな幸せをもらった。

カツオ漁港と茶葉と次郎長で有名な静岡、焼津地方の生活にも慣れて、私生活では最前

T-3初等練習機

線よりも幾分か余裕が生まれた。戦闘機部隊で十数年続いた緊急発進待機やその補充の自宅待機から解放されることで、どれほど大きな安堵が得られるかを実感した。

以前は週末の買い物で家族サービスの最中に、戦闘機が度々離陸する爆音を聞くとじっとしておれず帰宅した。今はデパートの屋上で幼い子供たちと一緒に安心して乗り物に乗っている自分に安らぎと幸せを感じるが、同時に最前線から離れ、プロペラ推進の練習機に乗る自分に寂しさと虚しさを覚えていた。そんな私のこれまでになかった心境を見抜いた三歳の息子が、

「T－3はファントムの赤ちゃんだからいいね！　パパ」

それらの形状の違いが任務用途の違いだとわかり、生活の中で感じたことを精一杯口に出したのだと思う。子供たちと繋がる時間が多くなったことは喜ばしいことだったが、やはり無力感が残った。

また別のケースでは、週末のある時、時々顔を出す程度の基地に近いスナックバーに立ち寄った。常連の職務上位の浜さんが後から入ってきた。それから一時間ほど経った頃か、

「そろそろ看板にして、静岡に封切映画の『櫂《かい》』（十朱幸

代主演）を観に行かへんか？　オールナイトや。行こうよ！」

ママが誘ってくれた。夜行性ではない私は正直なところ気が進まなかったが、お盆で家族を先に帰省させていたため解放感はあった。成り行きで浜さんと私は後部座席で、従業員の女の子は助手席に乗り、ママの運転で出発したが、深夜の零時過ぎ、車内は酒臭く、悪い予感がする。飲酒運転の取り締まりは厳しくなり同乗者も同罪という法ができて罪悪感はますます強くなる。

十分ほど走った頃、前方の国道上に左右に振られる赤色のライトが見えた。ついに情勢は最悪となった。まず浜さんが咄嗟にドアを開けて、素早く姿を消した。私は出遅れた、というより、それができない性分だ。残って居直るほかにない。

「運転手さん、免許証見せてくれますか？　あなたの吐く息は酒臭くて駄目だわ。そうダラ？」

年配の警察官は飲酒の事実を促すように語りかけた。

「私は自衛官です。ずっとお店にいて、この人が一滴も飲んでないと確信して同乗しました。もし、一杯でも飲むところを見ていたら同乗したりはしませんよ。『懲戒処分』じゃないですか。お巡りさん、絶対に運転手は飲んでいません！」

私はママが口を開く前に毅然と釈明したが、この警察官にはその公職を十分に尊重した上の哀願と受け取られることを望んだ。

「うーん、これからは気をつけることズラ。そこに車停めてタクシーで帰んな！」

人情家の上位の警察官に思いが伝わり、私たちは見逃してもらえた。

三人はロードショーの代わりにお店に戻り、美味しいお酒を嬉しく頂きながら自問した。自分はあの場でママから逃げるように頼まれても姿を消すようなことはできない。人様の善意は痛み分けしたかった。自分の将来がどうなるというより、今の一コマに禍根を残したくないというのが本音だ。夜の街をぶらついて義理や人情と嘯《うそぶ》くような今の自分は、どうなってしまったのだろうか。


教官操縦士として後輩パイロットを誕生させ、自分もステップアップを目指そうにも将来の進路に躍進できる可能性の面で私には大きな焦りが生じ始めていた。航空学生出身であることは、パイロットとして務めることに意義を感じ、また生涯その働きが求められる。しかし、乗り続けながら生涯を通じた『文』の世界でも活躍できるチャンスがどうしても欲しい。また三年が経とうとしている。

決意した課題となる文武への挑戦には何れ早く取り組まなければならないが、ある一つの出来事で将来を左右する極めて重要な機会を捉えることができず、取り返しのつかない大きな悔いの残ることをしてしまった。自分が大切に備えていた上級幹部への登竜門となる試験を無にしてしまったのだ。人生の節目は自分でそれに気付き、死力を尽くしてものにしなければならない。それを逃しては生涯を足掻くような後悔と帳尻合わせで生きるようなことになる。実力が無かったではなく、死力を尽くしたかを自分に問うものなのだ。

行き場を見失い、脊柱の症状が一時回復してその苦しみを忘れていた私は、更に過酷な最新鋭主力戦闘機F－15イーグルの乗員希望を強く申し出た。戦闘機には戦闘機乗りにしかわからない魅力と魔力が潜んでいる。そのコックピットには女神と大鎌を振り上げた死に神が同居しており、それらが私の運命を審判することになるが、それでもお里帰りと思ってしまう。この三年間にも空自総合演習でF－4EJ配備の第三〇六飛行隊（小松）に臨時に招集され、数回の技量回復訓練を経て昼夜出撃した。いざという時にはファントムにはいつでも乗り込める。

私の新たな活躍の場は、「知と技術」が求められる次世代の戦闘機造りに挑むことになったが、『文』への道筋は一体どうなってしまうのか。

暖流と寒流の潮目を漂うように、私は次の搭乗配置に向かった。

テストパイロット

私は岐阜基地（各務原市《かがみがはら》）で、航空機や装備の研究開発に携わる実験操縦士（テストパイロット）として研修、勤務することになった。実験技術と技術者との協調のためにも必要な科学的な理論を学び、F－4EJ能力向上機（F－4EJの主に火器管制を高機能化させたファントム改修機）の量産に入る前のユーザー側の確認飛行を担当した。五人のファントムライダーが試験機の試改修機とチェイス（随伴）機の前後席に交代で乗務し、生まれ変わるファントムに自分の息吹を込めることに誇りを持った。

またある時は、開発中の全周警戒装置（敵性機のレーダー照射やミサイル発射、追尾を探知してパイロットに知らせる電子機器）などの装備を試験するために、配備基地でRF－4偵察機も試験操縦した。応戦できる武器を何一つ持たない彼らを護るためにも、この装備搭載を成功させたい。

ある日、人事系統から、外務省への出向要員を幹部自衛官から募集、選考する通知が届いた。階級、年齢、語学技能資格、現任教養など、私にも該当するものだった。若くから戦闘機に乗り続けて三十七歳になっており、外務事務官として勤務するこの機会を逃せばチャンスはなくなる。「文武」の「文」に当たる資質を養い、半生務めた戦闘機パイロットに付加価値をどうしても持ちたい。念願の在外日本国大使館、総領事館において確かな職責を担って勤務できるこの機会を絶対に外してはならない。

その回の募集選考は、一部の大使館、総領事館勤務要員で、世界を恐怖の渦に巻き込んでいる日本赤軍などの国際テロリストグループに関係する情報収集とその諸対策の企画を兼ねて、安全保障関連や邦人保護などの領事事務を担当する書記官、領事要員を求めていた。一尉（大尉）、三佐（少佐）クラスの危機管理を兼ねる外務事務官候補を求めるということだった。

文武両道と国際任務を宿願としてきた私は、上司の実験飛行隊長、黒田二佐に自分の意思を伝えて、応募の許しを請うことにした。しかし、返事は断じて「否」であった。今の任務の差し迫った状況からも、それが困難なことは予期していた。意思を整理して何度か隊長にお願いしたが、良い返事はついに貰えないまま応募期限は迫った。当然所属長の人物評定や推薦状が重要な基礎書類となる。隊長室の在室表示を見ては気持ちがはやり、立ち止まってしまう。時間がない。

「隊長、今の任務に従事できることは光栄です。航空学生出身で将来防衛駐在官になれる可能性が低い私には、今回の外務省出向は宿願としていた在外公館（日本国大使館、領事館など）勤務の最後のチャンスです。何とか受験の機会をお願いします」

隊長はこの時ばかりは真剣に実情を話された。

「ほんまに困った奴やのう！　次に硫黄島の試験をお前にやらそうと考えておったのに……。今、F－104に乗れるのは僅かしかおらんだろう！　ミサイル標的になる二十九機のF－104をそれまで飛ばしてやらないと！　それにファントムライダーのお前だからここに来たんだよ！　弱った……。もう好きにせんかい！」

隊長の深刻なお顔に諦めのほころびが一瞬見えた。

「よし、めでたく選考に落ちたら、遠島を命ずる（笑）よいかミスター硫黄島！」

私に新たな進路の夢を見る可能性が生まれた。

人事からは応募書類を発送した連絡を受けて、書類審査合格と二次試験の通知を一日千秋の想いで待った。

活路を求めて

事前に知らされていた空自幹部の赴任先は、米国（ロサンゼルス）、スイス（ベルン）、インドネシア（ジャカルタ）、モロッコ（ラバト）である。私の希望は米国在ロサンゼルス日本国総領事館で、各館とも任期は三年。任務は大使所定、要員はそれぞれ一名である。約二週間後、書類選考「合格」の良い知らせがあり、二次試験で東京に出向くことになった。

一次選考で残った受験者二十数人が待機室に集まった。語学（英語）、小論文、人物（面接）での選考が行われ、中でも米国は第一希望としてはほぼ全員が上げている最難関のようだった。どの試験にも手応えがあった。面接でも緊張はせず、むしろ応答を楽しんだ。

「あなたは今の重要な任務の渦中にありながら、なぜ、この外務省出向を希望するのですか？　なぜ、米国を希望するのですか？」

「日米同盟の相手国を知り、必ず勤務の成果を復帰後に発揮します。同盟国である米国に派遣されるならこの上ない喜びで、これまでに任務に打ち込んだ熱意と創意で、どんなことがあっても任務をやり抜きます。三年間の出向は職域にも大きな穴が開く分、必ず埋め合わせる何かを掴んで戻ります！」

私は質問に応じて伝えた。

しかし、これまでまるで同胞に接するような笑顔で交互に質問を続けられた二人の一佐（大佐）の試験官は、合図があったかのように一瞬顔を合わせたあと、上位者が神妙に、

「もう一つだけ聞きますが、あなたの経歴（学歴の意味で）がそうなら、奥さんは少なくても（短）大学卒ですか？」

極めて意外な質問をされた。

「はい、その通りです」

「わかりました。詳しい内容はこちらで調べます。これで面接試験を終わります」

あの質問には素直に答えたくなかった。日本文化の紹介で華道や茶道をはじめ、総領事公邸でのパーティーのホステスをするためには教養が必要ということだった。私は妻の威を借りて外務省出向に応募しようとしているのか。仮に妻も高卒なら米国という希望は叶わないということか。

学科試験の成果には、夫婦の学歴の問題が前提条件にあるということが考えられ、これまでの職務歴や資格、実力がその壁に及ばないものなら、この件を契機に身の振り方を変えようとさえ思った。学歴を振りかざす役人の世界より、純粋に素養と適性を評価する商業パイロットを目指す考えが頭を過った。


覚悟の腹案を持てたことで、もはや一日千秋の想いで結果を待つことはしなかった。

「所詮は飛行機だけで生きていくしかないのか、この俺は！　こん畜生！……」

苦渋の進路選択をしたあの頃の葛藤は的確だった。夫婦の学歴を取り出して合わせて天秤に掛けられたこの面接で、大学に進まなかったことの不利を如実に教えられた。学歴の重みを面前で告げられ、当該選考の最終の決め手であることを示唆されたことになる。

あの質問は自分に宿っていたコンプレックスに触れただけのことで、逆にそこまで踏み込まれたのは選抜の可能性があるということかも知れない……。などと妙な期待もしたが、やはり不愉快なことはすべて忘れたい。四千時間を飛んでいるパイロットが学歴で値踏みされたのだ……。

岐阜基地に戻った私は前日に東京で何事もなかったかのように、主プロジェクトのF－4ファントム試改修機に乗り込んだ。また、毎朝一番乗りの太平洋と日本海の両試験空域の天候偵察に、戦闘機としての任務を終えたF－104Jを順次飛ばした。受信機を載せ、遠隔操縦されて何れ太平洋に沈む運命を知らずに元気に飛んでくれる老いた彼女たちが不憫でならない。巨大な機関砲を外されて更に身軽になった彼女たちは、空のF1レーサーその物で加速は鋭くマッハ（音速）を超えたがる。ごく控え目のマッハ0・9（時速千キロ超え）では、乗り手の愛情に甘えるように応えてくれる。飛び終わった後には機首を抱きしめ、胴体に毎回頬ずりをして別れた。

心の中に別な世界が見え隠れするが、この世界から離れた私には何の価値もない現実を思えば分身の戦闘機が愛おしくてならない。大義さえあれば、実験パイロットとして機体と運命を共にしても悔いはないという気持ちが次第に芽生え始めていた。一つの犠牲が科学技術の進歩に寄与できるという大義さえあれば……。

約三週間後、隊長から『外務事務官に採用（在ロサンゼルス）』と、外務研修所での研修通知の内示があった。表向きにも決して期待はしていなかったというものの、内心では渇望していた。

帰宅して家族に知らせた。

「アメリカの話、行くことになったぞ！」

「やったあ、やったあ！　やったねえお父さん!!」

家族にはアメリカに行けるかも知れない、ということを話したことがあったので、私の運の良さを知っている全員が密かに楽しみにしていたようだ。

その後も実験飛行は続き、ここに在籍する限りは任務に専念して全うすることを自分に言い聞かせていた。一寸でも油断すれば死に神が大鎌を振り上げるテスト飛行の世界を侮ってはならないからだ。

ある日、私がレーダー・武装オペレーターとして後席に搭乗するＦ－４ファントム試改修機４３１号機から標的に放った新型空対空ミサイルが翼下の発射台から離脱せず、機体に留まったままとなってしまった。不時発射の可能性も暴発の可能性も残っている。ロケット推進薬が燃え尽きてしまうであろう時間まで、ミサイル本体の爆発の可能性が低くなるまで、発射母機の燃料が持続する限り陸地上空に迫らず、日本海上空の射場で決死の待機をした。一旦発射回路が繋がったため母機もろとも空中爆発の可能性は残るからだ。

この一触即発の危機に、パラシュートやサバイバルキットと人体を結ぶハーネス、ラップベルトを外して狭い後席コックピットに潜り込み、数百に及ぶサーキットブレーカーやスイッチ類を確認し復帰させるのが今の私の任務責任だが、異常は見当たらない。

下方の人家を避けた経路を辿って帰投する試験機の乗員二人は、一言もインターフォンで言葉を交わすことなくバックミラーで白煙の吹き出るのを恐れつつも、平常心で監視する。長く戦闘機に乗り続けた二人にはいつも覚悟していたことで、今になって動揺などしない。システムの故障原因の究明に至る前にこの試験母機が棺となるのは辛いが、科学技術の進歩のためには私たちのような運命もあり得ると、テストパイロットの心構えはできていた。

消防車が並んで待つ各務原基地の飛行場に、試験母機を衝撃なく接地させ、ミサイルを装着したまま機首を小山状の防弾堤に向けて停止させた。急いで機外に逃げ、走ってその場を離れた。

一分、一秒の安全さえも決して保証はされないこの任務に就く以上は、先の命令などは仮の話でしか聞こえない。今一刻を大切に生きることでしかないのだ。

外務省へ移籍（出向）する前に、私は陸上自衛隊小平《こだいら》学校（東京都小平市）での二カ月の研修を受けた。この学校は防衛大臣直轄の情報機関で、旧陸軍中野学校に相当する諜報・防諜などの情報戦に関する教育を行う。

「貴官らは国の目となり耳となれ！」

つまりスパイ活動を実践して、任国での情報を密かに東京に送れということだ。

陸・海・空自から選抜された要員十数名が一堂に会していた。ここでの学びは朝礼時のスピーチからすべてが英語で行われた。半日は情報員としての英語力養成で、その一つに会話の導き方など、特定の標的とする人物とのパーティー会場での出会いから発展までの話術を英語でペアワークを通じて訓練する。魅力あるパーソナリティーに近づけるような自分磨きだ。特に聴き取り練習はブースで気が遠くなるほどやった。

残る半日は情報戦に関する学科で、実習として盗聴器の仕掛けや発見、尾行や追跡、車両運転での逃げ切りなどを屋外の特別な施設で体に染み込むまで練習する。格闘技や逮捕術、拳銃射撃、果ては毒物対策や解毒の知識まで体得したが、すべてが命に直結することだった。

続いて受けた東京の茗荷谷《みょうがだに》での三カ月の外務研修は、徹底した任国語の仕上げだった。私は英語圏であるため一人の英国人教官に就いてもらえた。教材は駅で買った当日の英語版の朝刊で、『Daily　Yomiuri』の記事について、昼食も含めた終日の意見交換により熱い指導を受けた。

半年間にわたる両研修は、専門職の戦闘機パイロットの世界から不思議な次元へと自分の意志の力で這い出して行くような、大きな変革をもたらすものだった。

第五章　パイロット領事

私には、外務省についてはどうしても拭えない先入観が幾つかある。過去の歴史で国際的な摩擦はすべて外務省に関わることであり、成功例は当然のこととして目立たないため、偏った見方かも知れない。

まず、半世紀前の大東亜戦争の火蓋を切った真珠湾攻撃に先立った宣戦布告の通知文書を、適時に手交できなかったとされる外務省在米国大日本帝国大使館だ。もう一つはそれに先立つ松岡洋右外務大臣の国際連盟脱退と日独伊の三国同盟締結の真意、それに関連したユダヤ難民への日本通過ビザの発給拒否と、それを断行した杉原千畝《ちうね》領事への処遇の問題だ。時代は変わっても外務省の伝統的な体質をそっと覗いてみたかった。

また自分自身のことでは、この出向の人選で痛感したように、今後の人生ではパイロットとしての資格のステップアップ（事業用操縦士から定期運送用操縦士〈旅客便機長〉への転身）が自身を守るために必要と考えた。二度と学歴の弱点を突かれたくない。いや、突かせない。比較的少ない経済的負担でそれが可能な米国で実行しようと、出国前に受験資料を準備した。

一九八八（昭和六十三）年四月一日、外務大臣より、『在ロサンゼルス日本国領事 兼ねて一等書記官を命ずる』との発令を受けて、一家四人は初めての海外勤務で成田から飛び立った。国策のうち、外交は国家間の重要な動きをいち早く把握して国益に資するよう処理することが求められる。そのため、各省庁から出向者は任国の関連分野の情報を収集して外交官（大使・総領事等）を補佐し、外務大臣経由で出身省庁にも打電している。

一九八五（昭和六十）年九月に先進五カ国の蔵相による為替レート安定に向けたプラザ合意の影響で、極端なドル安と円高が日米の貿易摩擦を加速させ、日本企業は価値の高い円の勢いで海外の資本を買いあさり、日増しにバブル経済へと突き進んでいた。ドルの価値の低いアメリカではその影響が出て，日本企業が米国資本を次々と買収し、製造プラントを設立して質の良い日本製品の山を築いていった。自動車産業をはじめとして米国企業は軒並みに倒産して、失業者が増加する渦中にあった。

『日本たたき』の言葉通り、街頭で日本製品は打ち壊され、在留日本企業への脅迫や、在米の日本公館へも不審者が出没していた。米国民の対日感情は悪化の一路を辿っていた。

領事の一日

私たちは、ロサンゼルス市内からフリーウエイ60で東へ一時間ほどの治安の良い高台にある小さなプールつきの一軒家を借りた。公共交通機関が皆無といえる郊外の車社会で、文化紹介行事や子供送迎用に必要な妻用の二台目の車も、アメリカ経済に貢献できる米車を買った。子供たちは現地のグレードスクール（公立小学校）の一年と三年に入った。（この三年後のバブル崩壊に至るまで、当時は官民の給与の格差も大きく、外務役人には帰国後の学業を考慮した国際学校へ入学させる余裕がなく、現地の公立校に通わせるのが一般的だった）

役所が所在するロサンゼルス市内は貧富の差が特に大きく、ハリウッドやビバリーヒルズなどが位置する北西部では富み、治安は比較的安定している。西海岸のサンタモニカや、オレンジ郡のディズニーランドは魅力のスポットだ。

一方で住民の約三分の一が貧困層で、主として市内南部に居住しているが、就学率は低く、就職率も同様に低かった。生きるために麻薬の売買や売春、強盗が代々繰り返され、エイズ患者が蔓延するなど犯罪の温床となっていた。ロサンゼルスをはじめ米国の大都市は、このように表と裏の両面が際立っていた。

私の仕事は主として領事業務（現地邦人の日本パスポート発給、日本入国のビザ審査・発給、邦人保護、子女教育、各種証明の発行など）で、外務省の領事と分担して現地職員の事務業務を監督指導するものだった。この総領事館管轄区域には約五万人の在留邦人と多くの旅行者がおり、日本の在外公館の中で最も領事業務処理件数が多いとされていた。

トラブルに巻き込まれた邦人旅行者や在留邦人の保護には、特に親身になって対応していた。日本人が滞在中に財布やパスポートを盗まれるケースは実に多く、被害に遭った人にとっては絶望的な気持ちになるのは当然で、現地警察への被害届を前提に、パスポート発給データから「帰国のための渡航書」を発行し、宿泊費や食費などの必要な滞在費を一時的に用立てすることも少なくなかった。また、留学生やホームステイ学生の深刻な悩み相談も歓迎して対応するなど、多くがサービス業務ともいえるが、私は邦人保護の職務を通じて次第に「人への愛」を覚えていくのを実感した。国の安全を護るパイロット仲間から見れば、一人の邦人を親身になって世話をする私は異質な存在かも知れないが、国民を直に護れる喜びは至福だった。

「領事」とは、国外の公館に勤務する外交官の一種の地位と職務を言う。邦人保護に代表される職種（大使館領事部など）と、領事館に勤務する幹部級の役職タイトル（総領事、首席領事、領事、副領事など）の二通りあり、財務をはじめ各省からの私を含めた出向者と外務省の領事担当、政務、文化広報、営繕、電信の領事は総領事の目と耳、両腕に当たる重責の情報収集と事務処理を担当していた。この多くが東大法学部の出身で、民間会社であれば経営陣に仕える部課長というところだ。

共通の任務として、総領事（特命全権大使）への報告を目的とした担当分野の情報収集があった。私の場合は安全保障、対テロ活動、治安に関係する記事の米国紙（ニューヨークタイムズ、ワシントンポスト、ロサンゼルスタイムズなど）に朝一番に目を通して特ダネを拾い、要約して報告する。要すれば外務大臣経由で関係省庁に打電する。朝の限られた時間内に、情報に取り残されないようにこれらの活きの良い英文を速く正確に読み、要約することは日常の正念場だった。

また、館員が情報を共有するため、短時間に密度の濃いプレゼンテーションを行うことで知性が表れるが、私の領事業務は幅広く、急務に時間が割かれて手薄になるのが辛かった。しかも守備範囲は米国紙の多くの紙面を占める。時間をかけて九十五点を取りたいが、短時間の準備であっても八十点を取り続けるのもパイロットの危機管理の習性だ。情報は朝が勝負だというのが理解できた。

残されたもう一つの責任の重い業務は、採用時から知らされていた『対テロ企画官』で、防衛省、警察庁からも出向する意味がよく理解できた。

テロをはじめとする治安情報の早期入手と、有事の際の行動基準作成、館員全員を対象にした実動演習の計画と実践指導などが私の責任だった。大切なカウンターパーツであるロサンゼルス市警察本部（ＬＡＰＤ）アジア特捜隊、ＦＢＩ（米連邦捜査局）支局には、度々足を運んで風通しに努めた。

東京の名門私立大学から空自幹部候補生で入隊した航空交通管制特技（管制官）の前任

在ロサンゼルス日本国総領事館玄関

一般旅券（赤：10年用）

外交旅券（茶）

者根本領事から、スイス製の軍用九ミリ拳銃と弾丸五十発を引き継いだ。米国では、個人、家族の生命と財産を護るための家屋内での銃器の保持は認められている。

彼は執務室の机の引き出しを開錠し、

「これを確かに申し送ります」

この一言しか言おうとしなかったし、同じ気持ちで私も聞こうとしなかった。この大口径の威力ある銃を使う時、館内は硝煙と血の海になることは明らかだ。この物騒な装備品と使用に関する記載、規定は一切なく、文官である総領事と首席領事は、安全確保の方針、手段などには一切触れず、「自己の責任の範囲で確実に計らってください」と言わんばかりの姿勢だった。

前任者が帰京した後、私は当地警察の射場で全弾を射耗し、この銃の持つ特性や照準誤差、引き金の重さを十分に調べ抜き、威力のある新しい弾丸に換えたのは、劇画「ゴルゴ13」と同じ心境で、その最悪時の一瞬の失敗は惨事を引き起こすと判断したからだった。

空自の操縦者は拳銃操作が必須のスキルであり、空自射撃検定では私の拳銃射撃技能は特級で、更に大口径の軍用コルト45口径ガバメントでも二十五メートル隔てた標的の直径十五センチの黒点に八割は命中させていた。そのコツは、引き金を八、九割引いたところからもう一度照準し、『暗夜に霜の降《お》りるが如く』、最後の撃鉄を静かに落とすことだった。

私には必中の自信があるが、在外公館警備は任国の警察が担当するのが世界共通で、警備活動や武器使用の任務は私にはない。テナントビルの最上三階に私の勤務する在ロサンゼルス総領事館があり（後にウィルシャー通りに移転）、通報により担当警察署から急行するのでは万事が手遅れになる。急を要する事態に館員を護るのは館員個人でしかないが、彼ら彼女らは心身ともに無防備で自らを護りようもない。最悪の事態での武器使用の覚悟は職務からではなく、宿った同胞への「愛」からだと自身に言い聞かせていた。

標的となる日本国公館

この時期のテロリストの活動として、日本の新左翼系の武装組織である日本赤軍が世界各地でゲリラ、テロ事件を起こしていた。主に中東などを拠点として空港での乱射事件やハイジャック事件を起こした。彼らの人質となった乗客の解放を条件に、日本政府は「一人の命は地球より重い」として巨額の身代金と拘束していた一味を全員釈放し（ダッカ日航機ハイジャック事件：一九七七年）、その脅威は増大して世界中に広がっていた。

一九九六（平成八）年には在ペルー日本国大使館が襲撃され、多数の館員が人質となって監禁された。フジモリ大統領の直接指揮により警察が強行突入し、全員が救出されると

いう事件が発生する。（前例の日本政府の実行した対処とは対照的な面が特徴）

在外公館の治安対処は現地警察が担当するため、特に天皇誕生日の総領事公邸での祝賀パーティーには現地警察官の動員を私の起案・発簡で公式依頼した。国家行事は特にテロリストの標的になり易いため、警備手段は周到に準備し、私が礼服の内側に密かに弾丸十発を装塡した拳銃携行で、公邸内での米人招待客に笑顔でホスト対応をしながら外の警察官たちと綿密に連携を取っていることは館員たちにさえ知らせなかった。

当時の世界は、特に米国の事情では、日本の公館ほど危険な場所はないと言われ、庁舎事務所、公邸ともに予算申請の上、考慮し得る限りのシステムを導入した。婦女子が過半数を占める窓口の現地職員をまず護ってやりたい。そう考えた。

任期中にただの一回ではあったが、受付職員の押した非常ベル音により私は銃に弾倉を装塡し窓口に急行したことがある。十秒も要しなかったと思うが、銃らしきものを持った不審者は警報で姿を消し、その後にシステムからの通報でマスダ警部補、カトウ、アライ巡査部長の三名の日系警察官が防弾チョッキに散弾銃を構えて突入してきた。このように初動は大切なのだ。

米国の治安関係者は特に危険度が高くて殉職者も少なくない。その点で彼らには社会保障の下での早期定年退職制度が整い、老いるまで制服や背広を着る国とはどこか違う。日系三世のカトウ巡査部長は、臀部をはじめ六ケ所に公務での銃創があり、この一件の後に末期の癌で苦しむ彼を見舞った時には焦点の定まらない目でやっと笑顔を作ってくれた。それが最後となった。あの突入時の、「フリーズ（動くな）！」と怒鳴った決死の彼の鬼のような顔を今も忘れない。

公館警備そのものは私の正式な職務ではないにせよ、初動での最悪の事態と、その後に適用される強制帰国（外交関係に関するウィーン条約に基づく接受国の処置で帰国後に国内法で裁かれる）などの法的制裁が常に頭から離れず、危機感から解放されることはなかった。私は何処に行っても安全と人命を護る企画も兼ねているが、今回の出向人事にも要求されているようにこれが私の職務なのだ。ファイターであることが自身の価値でもあるように、文官としても一端の人物になりたい。剣を携えてはいても、ペンのみで一角の文官にどうしてもなりたい。そう思った。

多様な滞在中の思い出の中には、職務の担い手である現地採用の職員の人たちとの交流がある。皆さんを家庭にも招いてホームパーティーを楽しみ、お互いを知りながら良い思い出ができていた。そんな時、いつも来客を喜ぶ二人の子供が潤いになって、和やかに食卓を囲めたのは嬉しい驚きで、彼らは大したホスト、ホステスに成長していた。

そんな職員の中に、私の姿にいつも温かい視線で接してくれるビザ（査証）を担当する欧州系の白人女性職員、リナがいた。

明るく微笑んでは職務で支え続けてくれ、ビザのサインを求めてパスポートの束を持って執務室に入る時には、彼女は決まってキャンディ付きのメモをそっと渡してくれた。「大地領事の前向きな姿勢と誠実さに尊敬します」（残念ながらハンサムやクールの言葉はなかった）」

私もそれ相応のメッセージで返した。職場での快い一言の交換はお互いの励みとなる。日本の公館に勤める彼女は日本語がわかるにもかかわらず、常に英語で話そうとする私には一言の日本語も話さない。また、「consul（領事）」と「オーチサン」とを呼び分ける機会が増えた。私ども夫婦も病院に見舞ったが、お母様のご不幸という悲しく辛い気持ちを、彼女は周囲に気遣いながらも私にぶっつけることもあり、私はそれを真心で受けとめた。

一人の大切なスタッフであると同時に、高学歴に相応しい情理を持ち合わせた、勇気と生き甲斐を与えてくれるこの女性は、私の限りある任期をともに惜しんでくれ、その後の太平洋が隔てる物理的な距離よりも、互いの人生行路が隔てる定めを恨めしく思うようになった。どれだけ焦がれ未練を残しても、この小さな喜びは日本国領事という立場に与えられた宝だったとして、そっとこの地にお返ししなければならない。

私には一様に愛すべき現地職員たちがいてくれる。大切な家族同様に、彼ら彼女たちは私の職務の支えで、みんな等しく大事にしたい気持ちは嘘ではない。淡い光を放つ小さな一つの星と、人々の愛が鏤《ちりば》められたロサンゼルスの空を私はいつまでも忘れない。

コラムⅠ　外交官

この勤務期間中に任国が戦争の当事国となった。一九九〇（平成二）年八月、石油権益からイラクがクウェートに侵攻したのを理由に、国連決議で多国籍軍を派遣してイラクを空爆して始まった湾岸戦争だ。

戦費の捻出に苦しむ米国と米国民は、同盟国である日本の貢献策に大きな不信と不満を持っていた。貿易摩擦からの日本たたきに輪を掛けた不満だった。

ある日、米国議会のある上院議員から、日本国総領事に全国ネットのディベートの申し入れがあった。論点は湾岸戦争における日本の貢献に関係するもので、数日後のことであるが総領事は受けて立たれた。

「グローバルパートナーの同盟国でありながら一滴の血も流さずに、しかも時機を失した後手の〈小切手外交〉に米国民は失望している」

という上院議員からの提議に、

「国連決議のこの事態には、同盟国として日本は国を挙げて真剣に取り組んでいる。自衛隊の戦場への派遣は憲法で禁じられているため、後方支援できることを精一杯尽くしている。血の一滴を流すことより、今、真に米国が必要なものは戦費の補填であると信じる。日本国民の総意を得て、血税から総額百三十億米ドルの供出を決定した。これは日本国民の同盟国への思いを込めた多大な貢献であることを、全米国民にお伝えする」

※総領事の発言は筆者の記憶による

という旨を総領事は論説した。

上院議員は感情的に同内容を繰り返し、発言は乱れる一方であったのに対し、総領事は終始にわたって理路整然とし、発した英語は洗練された素晴らしいものである旨を講評されて日本国総領事に軍配が上がった。

その日を境に、同盟関係の危機にありながらも、日本に対する米国世論は大きく動いたとされている。

私はこの上司の諸々の活動を目前にして、外交、外交官の役割と、総領事の学識に基づいた深い信念と、英語を自国語と同様に巧みに扱える話術に、改めて尊敬の念を深めた。

彼のもう一つの魅力は、笑顔とユーモアが似合うお人柄で、館員やこの地に根を下ろす在留日本企業、邦人に対する深い想いはまさに総領事の呼称に相応しかった。

コラムⅡ　皇室の御公務

在任期間中に、礼宮殿下（後の秋篠宮殿下）、紀宮殿下（後の黒田清子様）が訪米され、ご公務をなされた。私は現地訪問時の随行の誉れに浴し、外務に任じる国家公務員として勤めの重さを知った。

紀宮様は、ロサンゼルス市内にある『日系米人リタイアメント・ホーム（養老施設）』を訪問され、先の対米戦争中の強制収容所生活でのご不自由について、天皇陛下に代わって深い謝罪の意をお告げになられた。

これに感激し、涙する日系二世の高齢者の方々は返礼として、唱歌「みかんの花咲く丘」を記憶の薄れた日本語で合唱された。この宮様のご公務は、どれほど祖国を後にした日系の人々の心に残り、語り継がれるかを考えた時、外地から祖国を見ている私には、日本の皇室と国民、そして日系人までにも及ぶきめの細かい絆を改めて覚えた。

この後、宮様は現地米国の小学校を訪問され、感動してお迎えする子供たちに、日本の皇室という世界と、肌で触れ合う『プリンセス』という存在を余すことなくご披露された。

私は日本国民であることの誇りと、戦後にこの皇室の維持を許した米国で任務ができることにも幸せを感じた。
この場で御皇室について触れるという無礼をお詫びし、重ねて公務のご成功に深い敬意を表します。

外交特権

米国生活では役人の看板が公私にわたり付いて回り、特別な立場を強く感じた。領事の私有車のナンバープレートは、外交官の身柄を拘束しないという万国相互の特権付きで、交通事故や飲酒運転など一切の行政処分は免除され、加害者になった時は民事的な賠償だけを負うことになり、過失による致死も同じ扱い（計画殺人、強盗、レイプは例外）だった。大切な客を招いたら、タクシーで帰すのではなく、必ず自分の車で送りなさいという指導を受けたが、精一杯もてなして特権を活用せよということになるのだ。

また、訪問を直接にご支援した政界の有力者を通じた在留企業や商社現地支店への間接的な勧誘がこんな私にもあった。任務終了後の転職の誘いだ。しかし、私は公とのパイプとして、衣替えして得る金より、浪人してでも燻し銀を磨くことを大切にしたいと思うよ

郵 便 は が き

料金受取人払郵便

新宿局承認

7553

差出有効期間
2024年1月
31日まで
（切手不要）

1 6 0-8 7 9 1

1 4 1

東京都新宿区新宿1－10－1

(株)文芸社

愛読者カード係 行

ふりがな お名前			明治 大正 昭和 平成 年生 歳	
ふりがな ご住所	□□□-□□□□			性別 男・女
お電話 番 号	（書籍ご注文の際に必要です）	ご職業		
E-mail				
ご購読雑誌（複数可）			ご購読新聞 新聞	

最近読んでおもしろかった本や今後、とりあげてほしいテーマをお教えください。

ご自分の研究成果や経験、お考え等を出版してみたいというお気持ちはありますか。

ある　　ない　　内容・テーマ（　　　　　　　　　　　　）

現在完成した作品をお持ちですか。

ある　　ない　　ジャンル・原稿量（　　　　　　　　　　　　）

名			
買上 店	都道　　　　　　　市区 府県　　　　　　　郡	書店名	書店
		ご購入日	年　　月　　日

書をどこでお知りになりましたか?

1.書店店頭　2.知人にすすめられて　3.インターネット(サイト名　　　　)

4.DMハガキ　5.広告、記事を見て(新聞、雑誌名　　　　)

この質問に関連して、ご購入の決め手となったのは?

1.タイトル　2.著者　3.内容　4.カバーデザイン　5.帯

その他ご自由にお書きください。

(　　　　)

本書についてのご意見、ご感想をお聞かせください。

①内容について

②カバー、タイトル、帯について

弊社Webサイトからもご意見、ご感想をお寄せいただけます。

ご協力ありがとうございました。

※お寄せいただいたご意見、ご感想は新聞広告等で匿名にて使わせていただくことがあります。

※お客様の個人情報は、小社からの連絡のみに使用します。社外に提供することは一切ありません。

うになっていた。尊大になって美食で飾る生活より、感謝して大義に尽くすことに価値を持ちたいと考えるようになったことは、懐かしい古巣に戻る自然な準備なのかも知れない。

もっと正直に自分の気持ちを問い詰めれば、この米国勤務に赴く時、地面に足の着いた安全な生活を初めて家族と満喫できることを期待していた。そしてその通りに飛べない鳥であり、何れ空に戻ることさえ考えずにいたいと思いながら歳月を送っていた。滞在二年目、三年目を迎えるにつれ、地上の勤務での「明日も生きている」保証を得て過ごす毎日そのものが果たして幸せなのか、自分らしい生き方ができているのか疑問に思う日が多くなった。以前の任務での「今日の命も知れない」という日々の中で、文武に励んだ魂の叫びを感じることがないのだ。念願の職名に誉れはあっても、どこか虚しい。

「文官として職務に打ち込んでどれほどの生産性があるのか？　領事の名札より、戦闘機のコックピットで直に国と社会に尽くす方が、自分としての存在価値があるのでは？……」

流れ続けたファイターの血は、どうにもし難いものがある。命を懸けて飛び続けながら文武に研鑽した二十年は、自分の中で敢然と主人公を演じてきた。若い日に憧れ鍛錬を積み重ねた特技は心身に染み着いて、怠惰や無為に過ごす日々が続けばそれが夢にまでも現れ、着陸寸前に滑走路を見失った機長を映し出す始末だった。

このような時こそ、自分はファイターであり、邦人を護ることこそ今の自分に課せられた有事対処だ、と自身を鞭打った。

他方、丸裸でキャリアたちと取り組んだ経験は、言葉で表すことができないほど貴重だった。知と情のバランスの取れた人々と触れ合えたことにより、彼らの優れた一面を取り入れ、また逆に、幹部自衛官の判断と行動力を彼らに見せた。語学力も決して負けないように頑張った。この時期に宿った気質や本領は、生涯大切にしたいと思う。

戦前、開戦時の歴史的な不幸に対する先入観を持って臨んだ外務省の伝統的な体質への偏見は、失礼な姿勢だったと振り返るとともに、防衛省のシビリアン・コントロール（文民統制）と同様に、外務省も新世代となっていることが想像できた。また、あの先入観とは逆に、頻繁な組閣と与野党の無為な攻防に明け暮れる内政の裏で、日本ほど外交官に苦慮させる国はあるのかと思った。近い将来駐米大使として有望視されていた北米一課長のキャリア外交官が、これらの点からも失望の末、退官して民間へと移られた。このように認識の改革もできたのだった。

『資格』はどこの国でも大切で、「アメリカン・ドリーム」というように、能力と努力次第で米国社会を上っていける。あの外務省における面接試験での妙な学歴の質問で公務員世界に見切りを付けたくなった時に、現実に生活を護ってくれるものが上級の操縦士資格だと痛感したものだ。

将来の備えにと、既に保持している日本国国土交通省発行の「事業用操縦士」を基礎資格に、米連邦航空局のＡＴＰ（定期旅客便機長資格）学科を、次にチャーターしたＰＡ－44双発プロペラ機で実地試験に初回で合格できた。空自で機長実績を持つ者には特に難しいことではない。Ｆ１レーサーが路線バス運転手の資格を取るようなものであり、操縦には大きな変わりはないからだ。もちろん私費での休日を利用した活動だった。

私のライセンス情報を得た太平洋路線拡大を図る米国大手のユナイテッド航空をはじめ三社から早速に応募面接への誘いの電話があったが、暫くは『エアマンシップ（空に生きる者の総合資質）』を護る「失業保険」と考えることにして面接はお断りした。

職業人生の商業パイロットへの分岐点としては丁度良い時期かと迷ったのも事実だった。なぜなら、空自の階級構成のピラミッドを考える時、まず私の出身の「航空学生」はその頂点部分より下の要石としての存在であり、この外務省出向を含めても幹線に乗れるとは言い難く、将来への展望は必ずしも明るいものではないからだ。単に自分らしく生きるための選択肢を得たいのが目的だった。

ほぼ同時に、防衛省空自から復帰後の配置について打診があり、浜松基地での川崎T－4ジェット練習機（空自アクロバット・チームのブルーインパルス使用機）の教官操縦士にということで、操縦職域に復帰できることが実質的に内示された。新機種のコックピットの匂いが浮かんで血は湧き上がり、米国社会の契約雇用とは異なる終身雇用により家族の扶養が確保できるこの人生航路の方に即決した。家族の存在は男の進退を左右させるほどのものなのか。

この打診のあった一カ月前、浜松基地教育飛行隊のT－4が訓練中に機体トラブルにより遠州灘に墜落して同乗の学生と教官が死亡した。教官は私と同期の横地君でベテランパイロットだった。その飛行隊に補充される形で、私は二度目の教操縦官として復帰することになった。

最も働き盛りの時期を、飛行安全から解放され、畑違いの任務で過ごした幻の三年間の成果と代償は、一体どのようなものになるだろうか。同期生たちは三等空佐（少佐、警視相当）という責任のある立場で大切な職場を護り、大きく成長しているはずだ。公家の臭いのするパイロットで、果たしてジェットは飛んでくれるだろうか。

米国空軍

静岡県浜松はウイングマークを授与された基地で、事故で同期の佐々木君が亡くなった地でもある。あの頃と立場は変わって、これから教官として搭乗して指導に用いるT－4練習機の評価は高く、F－86F戦闘機にエンジンを二基載せてパワーアップしたような逞しい練習機だ。また、あの伝説の旧海軍零式戦闘機をジェット化すればこうなるのかと思うくらいに小回りも利く。

この課程を修了した学生は、『事業用操縦士』資格と一人前の計器飛行ライセンスであるウイングマークが授与される。私は機種転換訓練とそれに続く教官練成を終え、主任教官として初めてのコースを修了させようとしている。

そこに今一度、一年間アメリカ駐在勤務に勤《いそ》しまれたいという差し迫った打診が私に届いた。T－4の稼働機数が課程学生の教育には不足している実情から、アメリカ合衆国訓練空軍に委託して、不足人数分の教育を修了させるということだった。

このT－4課程に匹敵するのは、T－38タロンという超音速練習機を使用し、同等のライセンスを授与される操縦課程だ。ノースロップF－5タイガー戦闘機の複座仕様であるから速い。空自の学生が前過程から乗っているT－4とは性能と特性が大きく違う点でも、難しい部類の飛行機となる。それだけに選抜する学生にはこの点に加え、英語での訓練に耐えられる比較的優れた適性を持つことが求められる。

国内のT－4組との格差が大きくならないように、数年間続くこのプロジェクトの布石を確かにするというのが任務だ。防衛大学校出身者（入校一年後に陸、海、空自衛官要員に分けられ、空要員の一部が適性によりパイロットコースを歩める）、一般大学卒、航空学生出身者を三コースに分けて、順次米国に送る。

私はパイロットとしては特別に長い三年間の地上勤務期間を過ごしたサンプルのような存在だ。乗務に復帰できて再出発した矢先とあっては実に戸惑う。年度をまたぐ継続した飛行教育は重要な事業であり、その時期も迫って隊長は連日のように私を説得される。

長いようで限られた職業人生の中で個人の技術、能力を適任と認められて大任を拝命することは誉れに思うべきだろう。米国空軍では少なからず厄介な事案も待つ予感がする、文化や社会システムの違いが衝突を生むことを領事勤務で体験している私なら必ずやれると信じて、また同盟国との連携の一端を学ぶ絶好の機会と捉えてこの任務を受諾し、家族を残したまま単身で赴任することにした。

戦艦アリゾナ

アメリカ合衆国空軍は第二次大戦後、陸軍の航空戦力を発展させて新たに生まれ、稼働航空機七千機を有する世界最強の空軍といわれる。飛行教育訓練（UPT）は戦術空軍（TAC）などと並ぶ訓練空軍（ATC）が担当する。

米国の西海岸に近いアリゾナ州フェニックス郊外にあるウイリアムズ空軍基地は、その隷下の組織だ。砂漠のような大平原に飛行場施設と近郊の町チャンドラーがある他は、オレンジ栽培や放牧が主な産業で、州都フェニックスのベッドタウン化も見られる。

着任して間もない十二月七日（日本時間で八日）、案の定、アリゾナ支局の新聞記者が基地広報担当官に随伴されてやって来た。目的は、

「五十年前の今日、『戦艦アリゾナ』が真珠湾で日本帝国海軍の奇襲攻撃（the surprise attack）によって撃沈された。日本からの宣戦布告が攻撃の後になされたあの太平洋戦争の開戦を、自衛官である貴官はどのように思うか？」

このような質問を不躾にもしてきた。そして随伴の下士官広報官は当然答えるものとメモを構えていた。記者の訪問を知った、私が籍を置く部隊長マッキントッシュ中佐は、

「何も答えなくていいから！」

と、同じ将校として不機嫌な顔をして手と口でサインを送ってくれたがそうはいかない。

「半世紀経った今日、私は同盟国（an allied country）としての友好的な任務のためにここに駐在している。そのような質問に答える権限も義務もないと思う。その開戦の四年後、広島と長崎に原子爆弾を投下した一国民として、あなたはどう思うのか？」

メディアを敵に回してはいけないが、このように切り返してしまった。この話題で彼らと話を続けたくなかったからだ。

一行は特ダネを逃して、吐き捨てるような様子を見せながら退散して行った。隊長に礼を言うと、彼は「Well done!（上出来だ）」と一言発して実に険しい顔で戻って行ったが、彼らには絶対に赦せないものが潜む厳しい局面だったに違いない。

「お互いに一世代早く生まれていたら、オワフ島上空で攻撃援護する零式戦闘機と迎撃するグラマン・ヘルキャットで一騎打ちしただろう」

そんな思いが去来したが、マッキントッシュ中佐はどう思ったのだろうか。

このような話題を軽々しく口にするものではないだろう。「真珠湾を忘れるな！(Remember Pearl Harbor!)」は今も米国で生きている対日フレーズなのだ。日本での「二度と広島を繰り返さない！（No More Hiroshima!)」と同じように。

テキサス州ラックランド基地の語学課程（米国空軍での留学、訓練を受ける他国の要員は、この課程で所定のレベルに到達することが条件となる）を修了した五名は、ノースロップT－38タロンでの教育が始まったばかりだ。私も急速の練成でタロンを慣熟し、指導できる準備が整った。確かに特異な性能と特性を持った、T－4より速く難しい練習機で、空自学生が苦労するのが予想された。

F－104の機動とT－33の着陸特性を併せ持った操舵の繊細さと、バフェット（失速兆候を示す機体振動）からの失速マージンが少ない飛行機だと、実験操縦士の職歴を持つ私には着陸進入時の要注意点がまず浮かぶ。特に横風を伴う着陸では着陸復行（着陸操作を取りやめて再上昇すること）を躊躇してはならない。

米国訓練空軍には日本だけではなく、サウジアラビア、コロンビアなどの空軍から委託された学生も含まれている。今ここにサウジアラビア王族の子息（王子）が被教育中で、修了できればアメリカ仕立てのエリートパイロットとして箔がつくはずである。王子は課程の初期段階であるが練度不足のため、明日が最後の見極めの飛行検定になるという実情が耳に入った。

たとえ王族とはいえ、教育委託費用を山と積んでも、不適格な人物をパイロットにしないのはアメリカも日本も同じだ。間違えれば、旅客機なら数百人の命を奪い、戦闘機なら事故以外に、行過ぎても足りなくても間違った行動が紛争にも発展してしまうからだ。このように本国から操縦教育管理幹部が派遣されていない、将来の特別な人材育成を目的にした小規模な委託がほとんどだった。

何と、その問題の学生が私のところにやって来て挨拶し、

「もし罷免されれば王族として不名誉なことになり、恥かしくて国に帰れない。助けてください」

と、アクセントの強い巻き舌の英語で哀願してきたのである。いろいろな経験が思い出され、一回前の進度検定（Pチェック）なら復帰の可能性があるが、罷免検定（Eチェック）なら権威者が検定して責任を持って結果を決める。つまり回復は難しい。それには触れず、ここは彼の顎《あご》を抓《つま》みながら、

「まず相談料はかなり高いけど大丈夫かい？」

そう言うと、

「お金なら幾らでも大丈夫っすよ！」

と、この時だけは余裕で笑った。彫りの深い顔に濃い鼻ひげを抓《つま》みながら、本気で答えるアラビアの憎らしい王子だ。

「悔いのないように精一杯頑張るだけだよ。やる気を見せることだ。もし、たとえ残念な結果になっても『失望』するなよ、君の人生はもっと幸せなことがいっぱいあるから。パイロットは苦労も制約も多くて、好きなものも存分に飲み食いできず、一生大変だよ。君

が王様になったら、このように努力の必要なパイロットの手当てを上げてやってくれよな」

そう励ました。

「はい　頑張ります！　うまくいったら街へ遊びに行きましょう！　おごりますよ！」

「いいね！　パアッと豪遊しようぜ！」

残念ながらこのアラビアの王子はメンタリティもパイロット向きではないようだった。具体的な質問があれば親身に答えることはできたのだが。もっとも彼なら、

「ウイリアムズ空軍基地の思い出に、タロンを一機か二機、お土産として売ってくれませんかねえ」

と、聞きかねない。結果、一週間後には彼の姿はウイリアムズから消えていた。

文明の衝突

後期の空自コース学生も語学課程を修了して合流して、訓練を開始した。飛行後の振り返り指導で、アメリカ人教官が感情的になって一人の空自学生を叱り付けている姿が目に付きだした。評価も連続して低いため、教官に細かく聞いてみた。

「この学生は指導していることがわかっているのか、わからないのか、はっきりしない。

頭が悪いのではないか。技量も伸びない」

と担当教官は言う。機載ビデオの記録を見ると、教官の罵声が多く、

「駄目だ！　俺が操縦する！」

が異常に多く、重要なところで学生が操縦できていなかった。このような威圧的で感情的な態度は、教える技術も自信も不足している表れだ。学生への情熱も理解も感じ取れず、教育指導の域から逸しており、罷免への序曲を弾こうとしているように見える。

私はまずその教官に、

「日本人学生には個人差はあるが、概して口語英語能力は低いのは政策からくる『学校教育』の問題だ。彼の頭脳と技量は同期でトップクラスの学生なので、英語はわかるように、落ち着いて穏やかに話してやって欲しい。この学生を生かすも殺すも貴官次第だよ！」

教官としての立場から、異言語の壁を経験していない若い教官を諭したが、その後も状況は変わらなかった。私は隊長に事情を話して、学生の指導担当を経験の深い教官に代えてもらったことで学生の技量は伸びていった。特に、マンツーマンでの訓練では相性というものは大切だ。米空軍では学生からの希望を受け入れる体質は見られるが、この種の不満を訓練生から意思表示するのは難しいとい

米空軍T-38タロン練習機

う点を管理者は認識しなければ宝を腐らせる。言葉の壁が話者の知性までも曲解させるのは常に起こり得ることで、語学力はツールとして必須だ。

次に問題となったのは、深刻な国と国の制度の違いだ。何れの空軍でも規定訓練時間内での最初の単独飛行の可否が一番の関門だ。合衆国空軍機の機長となる単独飛行手続きで、経歴（学歴等）確認が一つの項目にある。多くの空軍ではパイロットは士官で、空軍士官学校卒か大学卒の学士でなければならない。

飛行隊長、フェントン中佐は、

「検討の結果、この学生たち（高卒である航空学生）は米空軍の基本条件に合致しないので教育継続はできない」

と私に告げた。

「国の任用制度の違いで、絶対に継続されるべき問題です。空自では航空学生出身者がパイロットの主力で、私自身もその出身で、今ここにいるのです」

国家間の重要な取り決めの枠内であることも追記した。即刻、東京の担当に緊急で措置する必要があることを特記して報告した。

操縦資質、学力、語学力に優れて選抜されたはずの彼らが、『義務教育』（米国制度）の学歴に留まっていることで、公私にわたって不利な立場に置かれている。この件は一旦解決を見たが、私の気持ちはおさまらなかった。国内の役所で有り勝ちな学歴の問題ではなく、硬い同盟下の契約で敷かれた技術教育においてもこのような扱いを受ける後輩たちが不憫でならなかった。（彼らは無事に修了したが、残念ながら次年度からの航空学生出身者の派遣はなくなった）

これからの長い生涯を羽ばたく彼らに、この点でも『個人の充実』を満喫できる誇りを与えてやって欲しい。帰国後の報告のほかに強く論文で訴えるテーマをこの時点で決めた。彼らの米国派遣のみならず、空自の航空学生制度のあり方についてもある想いを巡らす。当制度出身の自分自身が同じような思いを他の場面で経験したこともあり、この点は客観的に捉えたい。

パイロットの素質を備えた要員を高校生から募るのは、国の事情から生まれた伝統的な制度と理解できるが、大戦に備えて少年航空兵を多く育成した時代とは異なる。今の社会で、生涯を懸けて空軍士官を志す上では、米国のそれと同様に個人の履歴（学歴）は大切なものだ。選抜の土俵を同じく、大学卒のパイロット枠拡大と魅力ある公報を促進して、学力のある高校生に厳しい現実が待つ苦渋の進路選択を強いる制度が改善されることを強く望みたい。

豊かな適性を備えた専門職パイロットが航空防衛力のピラミッドを築き支えることに異論は持たないが、彼らに物質的処遇のみならず、学歴的にも反映され（例えば〈短〉大卒レベルに）、国際的にも遜色のない養成制度に対応するカリキュラムや単位提携大学等の検討を望みたい。

この年の七月一日、私は三等空佐（少佐）から二等空佐（中佐・警視正に相当）に昇任した。

両国の飛行隊長と同じ階級で、昨日まで気安く話しかけてくれたパイロットたちもただ立ち止まって「サー」と、敬礼するだけになった。実に階級章一つで孤独になった。これまで以上に、一挙一動に気をつけなければならない。幹部自衛官として自覚した言動に努めてきたが、今こそ生まれ変わって相応しい人物像を目指そうと思った。

その頃、空自では女性パイロット養成の是非を検討する時機にあり、私に特命された「米空軍での女性パイロットの実情」調査の実行は実に苦しかった。まずは現配置の身内から、次は訓練空軍司令部の人事部門へと連絡を取り説明したが、誰もが警戒して面会には応じてもらえない。私単独での交渉では手に負える案件ではなく、実にデリケートな内容で間違えば関係者共々の問題になる。厚い壁に当たり、大地丸は完全に座礁してしまったが、東京の努力によって貴重な資料を入手できるに至った。

これらの資料の内容は、その後に空自に輸送機や救難機の女性パイロットが、そして二〇一八（平成三十）年にはF－15戦闘機の女性パイロットが誕生したことでも明らかだ。

アリゾナを振り返って

私が担当した空自課程学生は事故もなく、全員が無事に修了できた。しかし、空軍での高性能ジェット機の長期にわたる訓練課程では事故は起こり得ることで、この遥か後のこと、二〇二一（令和三）年二月、アラバマ州で当課程の空自学生と空軍の教官が同乗するタロンが着陸進入中に墜落し両名とも殉職した。米空軍教官には最後まで空自学生のために尽くされ、深い感謝と哀悼の意を表します。

期間中のある日、フェニックス市内の病院から、

「日系米人の婦人が大病で命に関わる手術を施す必要があるが、患者家族と医療関係の合意を取るための通訳支援が欲しい」

との要請が当部隊経由で私になされた。病院に辞書を片手に駆けつけて橋渡しができ、その後の手術は成功したということがあった。

高草木浩寿２尉へウイングマークの授与

入院前のこの両者間の打ち合わせの場で、二十年余り米国に在住されている当のご夫人に、米国人の旦那様は彼女の専門的、実務的な英語力の不足を関係者の面前で責められた。果たしてこの責め句は当を得ているのだろうか。

基地周辺ではカップルの女性が東洋系という姿をよく見かける。海外赴任、遠征などで知り合い結婚するというケースが少なくないようで、どの夫人も必ずしも英語が堪能というわけではない。その上、特別な努力がなく、現地で生活するだけでは、大人が実務、専門英語を自然に身に付けることは難しいだろう。今回の私の役目についても専門用語辞書の助けがなければどれほどの支援ができたかわからない。大人が外国語を習得することほど難しいものはないと思う。この中年のご夫婦はそのところを認識されず、旦那様はご自分が外国語を学ばれた経験がないことから、夫人の片言英語がなぜ向上しないのかを、真剣に考えたこともなかったようだ。

7月4日米国独立記念日のパーティーにて、アリゾナ州知事より名誉市民認定証をいただいた

前職の領事で経験したように、異国の地での人命に関わる務めを果たせたことが何より嬉しく、離任時に州知事から『アリゾナ名誉市民』認定証を贈られた。

帰国の途に就き、同盟の絆とその努力が現場で着実に行われていることを実感した。加えて、競争も縛りもない、度重なる海外勤務から復帰して、また幕僚勤務（指揮官を支える職域面に携わる参謀業務）の経験がなく、この後の幕僚勤務に続く将来は職域の管理者として何ができるのかという不安に思いを巡らせていた。飛行実績も外務省時代から通算して四年間以上の空白となり、一種の大罪を犯して帰国するような心境だった。

眼下の太平洋を見下ろしながら、懐かしい米国西海岸ナパヴァレー産のシャルドネワインを注文し口に含ませた。これからの十時間の空の旅は、頭の片隅にある星条旗を日の丸に切り替える準備に丁度良い。目を閉じて回想の世界に身を置く時に、私にはまず浮かぶものがある。自分の将来を大きく左右する過去のあの取り返しのつかない出来事を思い出していた。

第二部　旅路

第六章　左遷

二十代半ば、F－86F戦闘機で緊急脱出の大事故で脊柱を圧迫骨折して入院療養したことがあり、回復後も三機種の戦闘機を十年余り乗り継いで空中戦闘、射撃訓練、スクランブル発進にと従事していた。

その頃、脊柱に再び異変が起こっていることを自覚し、密かに市内の整形外科に通っていた。しかしある日、訓練終了後にF－4ファントム戦闘機のコックピットから出られないほどの激痛に襲われた。筋肉を鍛え持久力を付けて、絶えず鉄棒にもぶら下がって症状の回復を試みていたが、ついに上司に実情を報告した。操縦職域に残りたいという意思から、飛行教育の教官として静浜基地（静岡県焼津市）に転属を命ぜられた。（第四章「操縦教官へ」参照）

プロペラ推進のT－3練習機で初級操縦課程の操縦教官を命ぜられ、空地で学生教育に当たっていた頃、空自幹部学校指揮・幕僚課程（CS）学生選抜試験の受験資格と受験日程が示された。私はこのCS課程を目標として精進し、入校に強い意欲を持って研鑽を続けてきた。

将来の上級、高級幹部を養成する難関のこの課程の受験資格を持つ基地所在の中級幹部六名に対して、同課程を修了された直属の上官に課業外に熱い指導をしていただいた。そのお陰で第一回目の受験では、当グループでは私だけが補欠という条件で合否の一線が見えたが最終合格には至らなかった。

次の年もほぼ同じ受験者層に対して同上官が指導され、その受験予定者の一人が学習会のあと、

「こんなに課題を出されて、好きな釣りにも行けないよ。有難迷惑とはこのことだよ！」

とぼやいたので、

「確かに年がら年中、仕事と受験準備ばっかりだよな。でも、指導官の熱意は有り難いよ。感謝、感謝だよ！」

と私は返した。

不平をこぼした一尉は学派（防衛大卒）で、指導官から提出を求められた課題を私に自慢げに見せて、そこにはそれまでの指導歴を示す上官の添削跡がびっしりと残っていた。私には課されていないものばかりで、受けたことのない添削の詳細さにも唖然とした。指導官もその学派であることから、背水の陣の境地で取り組んでいる私はこの上なく不快な気持ちになった。この不満は私が持ち続けた学派への対抗意識に触れた嫉妬だった。

教育部隊に務める我々は、学生の出身母体には関係なく、彼らの大切な将来を願って等しく熱い教育訓練を授けている。それなら、なかば命令によって一堂に会したこの学習グループ内で努力する者として、派閥の情を超えた質と量ともに同等な課題でのご指導を乞

いたいのが私の心底からの願いだ。それとも、時には派閥の壁の撤去を求める私の思慮が甘いのだろうか。

受験を望まない非学派の先輩、後輩たちが、不敬にも最小限の課題にさえも手をつけていないことが多々あったためなのかも知れない。事実、この登用試験に合格しなければ、多くが専門職パイロットに終生留まり、その本懐は遂げられることにはなる。航空学生出身者は概してこの方を選ぶ傾向がある。一つ、二つの昇任と引き換えに苦労することより、本業で貢献できるし、危険度に見合った高い航空手当も支給される。

私は翌日、学派にある上司隊長の大金二佐にこの事情を申し出て、受験学習会を辞退することの許可を乞うことにした。将来の進展の可能性は欲しいが、本務に打ち込みつつ、独学で試験に臨む方を選んでしまったのだ。

独力で研鑽した二回目の受験は不合格の結果に終わった。自業自得とはこのことだ。恒常業務に勤しみながら試験対策にも頑張ったが、前年の結果から慢心があったことは否定できない。それにこの試験では思考過程が極めて重視され、期待される結論も求められることから、権威者の指導を乞うのが常識だった。名将、名参謀を生んだ旧陸、海軍大学校の選抜試験と同様に一般の入試のような浅いものではなく、昨年度の受験準備では指導官の魂に触れるほど真剣な学習を重ねていた。

　この試験結果が後に、自分がどのような配置を歩くことになるかを決めることになる。強い人事力を持つ高位の上官に深く感謝するべきところを、ご厚意に背いたこの愚行は、日常の職務の上でもその影響は大きかった。犯した身勝手な行動の自分への始末と派閥への不信、自己の将来への失望から自衛官を辞めようと深刻に考え込む日々が続いた。自分は強く逞しくなりたいと願い努めてはきたが、依然弱い人間だ。操縦教官がこのような心境では、学生の飛行の安全を護り、望ましい指導ができるはずがない。学生は凛々しい教官の姿を期待する。将来がかかった必死な彼らのためにも、自分が育まれた恩返しとしてもここは踏ん張るしかなかった。

　事故で痛めた脊柱の故障は、三年間の練習機操縦教官配置で一時的に回復し、次の補職として再び新鋭戦闘機搭乗希望を強く申し出た。この任期中の空自総合演習にはＦ－４ファントム飛行隊に臨時招集されて戦闘機に乗り換えて出撃した実績がある。如何に身体に過酷でも戦闘機のコックピットこそが古里であり、揺り籠のように思えてしまう。将来が八方塞がりの心境にある時、あの大事故の時の天女はそっと現れては私を励ましてくれる。

「お前の進む道はここに用意してあるからね。さ、戻っておいで、ファイター」

　私は研究開発に従事するテストパイロットの道に進むことになり、再び戦闘機に乗れるチャンスが訪れた。

テストパイロット配置に従事している時に届いた外務省出向要員選抜を自身の「文武両道」への活路の足掛かりとなる背水の陣として応募し、在ロサンゼルス領事に就き、それが今回の二度目の米国派遣に繋がった。それらは私の宿願でもあったが任務終了となった今、自身の飛行と職域実務に数年間という大きな空白をつくったこの代償は、いつ姿を現すことになるのか。

ロサンゼルス発のＡＮＡ００６便が、間もなく成田空港に到着する機内放送が流れた。学習会でのあの指導官に抱いた嫉妬と過敏になった派閥意識もいつかは忘れ去ることだろう。いや、忘れるのだ。

浦島太郎

二回目の米国からの帰国後は原隊の浜松に戻ったが、覚悟したとおり専門職の教官操縦士はやがては解《と》かれることになっていた。

転属命令が下り、家族の希望もあって私は沖縄に単身で赴任することになった。南西方面の空の守り全般を担任する総司令部で、在沖縄自衛隊連絡調整官としての司令官の在沖縄米軍との調整実務が重要な任務だ。
　クリントン政権下の米国の安全保障体制では、在沖縄米軍の構成、規模は縮小傾向にあり、また市街地、住宅地に隣接する米国海兵隊普天間基地の航空事故の危険性から移設が検討される微妙な時期であった。（この二年後に海兵隊員による少女暴行事件が発生し、日米地位協定の見直し、基地撤去や軍用地の地主への返還を求める運動が活発化していった）
　司令官直属の幕僚でもあることから秘書としての業務も担いながら、私は米四軍（陸・海・空・海兵）の秘書官とも連携を取って、発展的な関係維持に努めた。日米間で会議、会談を持つ時や、イベントでの通訳（司令官の日本語から英語へ、先方は英語から日本語へと双方の発言の責任を重視）では米軍側通訳官とも競った。また、操縦士であることから米軍に関わる飛行運用調整も兼務し、自らも年間訓練飛行で東シナ海上空を飛ぶ。

　米軍と空自に関わる深刻な問題の一つに、わが国に駐留する米軍基地に海外から飛来する米軍機が飛行規律を怠って空自の防空網に捉まり、国籍不明機と判断されて空自戦闘機のスクランブル（緊急発進）を受けるという、嘆かわしい事例が少なくないことがあった。
因みに私の初陣となるスクランブルは、福岡の築城基地からのF－86Fでの僚機としての発進で、目視識別したものは米海軍のC－47輸送機で、編隊長は「フレンドリー（友軍機）」

と無線で告げた。東シナ海を大陸から北上するものだったが、あれから二十年近く経っても情勢は何も変わっていなかった。

命令を受けて、飛行運用を兼務する私と要撃管制（防空レーダー管制）運用幕僚の近藤三佐の二人で、米国海兵隊第三遠征軍司令部のあるキャンプ・コートニー（現うるま市）に、証拠のデータを持参して抗議に出向いた。米陸海空の各軍に加えて、米国海兵隊は海軍の輸送支援を受けて世界規模で機動展開する遠征軍である。目標を奇襲、急襲する陸戦隊であり、空からの攻撃力も持っている。

会議室に集まった司令部幕僚パイロットたちには、今日の抗議内容を隷下の第一海兵航空団飛行部隊（普天間、岩国）に対し指導してもらう。

集まったパイロットたちは、

「俺は空自の戦闘機に二回要撃されかかったことがあるよ。あれってスリルだよな！」

「俺もあるよ！」

と各自が話しており、ここだけでも後を絶たないくらいに該当者がいる。

私は挨拶の後、開口一番に、

「同盟国の戦闘機に迎撃されそうになることは、パイロットとして恥だと思わないのか。貴官たちもプロのパイロットなら、承認され、打電された飛行計画どおりに経路を飛行し、指定されたＳＩＦ（識別信号）をセットして、義務付けられた位置通報点では通報するのは常識だろ。それをしないで日本に入ろうとするのは、海兵隊はこの国をまだ占領国だという意識から来ているとしか思えない。パイロットとして厳重に抗議する」

爆弾発言をしてしまった。この半世紀の間、私が持ち続けた駐留米軍に共通するコメントであり、最適のタイミングだと判断したからだ。空自の戦闘機パイロットと要撃管制官の幕僚訪問と知りながら、本人たちを前にして迎撃されたことを自慢げに話すその態度は、許せない。

これに対する彼らの反論はあったが、飛行規律を守ることで押し通した。

これまでの勤務の経験からも、今は大きな支障もなく司令部勤務ができている。しかし内心では、職域や防衛全般での上級教育やデスク経験のない状態で数年以上続いた空白を埋め合わせる精進の必要性を痛感しながら、ジレンマと不安を抱えて任期を送っているのが正直なところだった。

今後の私は、与えられた階級に見合った仕事ができるのか、知らないことが幾らでもある。

大東亜戦争での対米緒戦となった真珠湾攻撃では、淵田美津雄海軍少佐が第一次攻撃隊百八十三機の空中指揮を執った。それより一階級上位にある私は、職域関連の任務に早く挑戦しなければ、激戦地域の中核参謀の中に無知な子供が一人交じって作戦図をつくることになる。また、少年が装備を身に着けて数百人の隊員を弾丸の嵐の中で率いることになる。自分が磨かなければならない資質とは方向は異なる渉外調整業務に没頭して、また二年半が過ぎてしまった。亀の背に乗って竜宮城へ連れられた浦島太郎の不覚を取るのか？　できれば玉手箱の蓋は開けたくはない！

初めての沖縄生活は独特の風習や食文化が珍しく、初めは用心深く心を閉ざされながらも、一旦気心が知れて信用されると親しくされ、仲間にも入れてもらえた。「出会えば兄弟（いちゃりば　ちょうでぃ）」や「ゆいまーる（助け合い）」に代表されるような文化も心地よかった。単身赴任の私は浦島太郎かと錯覚することが時折はあったものだ。

任期は容赦なく明け、上司のご高配により、期待と危惧に包まれていた航空団での危機管理、防衛計画幕僚の要職を拝命することになった。ただ上司のご厚情と期待には沿わなくてはならない。

すべて失って

浜松基地の航空団では、私の職歴を知り、複雑な気持ちで着任を待っていたという直近

の上司は、歓迎会の酒席で、

「正直に言って、ここは要職で大変なところなんだよ。司令官に買われたことは知っているが……君がここに……」

「よく承知しています。精一杯頑張って部長の右腕になるよう努めます。よろしくお願いします」

この上司の言葉には深い懸念が入り込んでいるのだと、一種の申し訳なさと同時に彼の人物と姿勢が窺えたが、とにかく職務に対して必要な指導もいただき、合議されて司令の決裁を仰がなくてはならない。

次々と新しい事業や案件に着手して、過去の資料や他の航空団の同職位の幕僚にも問い合わせながら取り組み、隷下部隊は動いた。部長は大きな枠組みというより小さな不具合を探すことに時間を費やされた。司令は『守・破・離』を持ち出され、時には厳しく、また温かく私を学ばせようと指導され、決裁された。

（参考：守・破・離：茶道の修行に際して、まずは師匠から教わった型を「守る」ところから始め、身に付けた者は研鑽することにより、既存の型を「破る」ことができるようになる。更に鍛錬、修行を重ね、「離れ」で自在となることができ、新たな流儀が生まれる）

半年が過ぎる頃、部下は一名の幹部を除いて帰宅させており、急務のため遅くまで二人で執務していた矢先に刺すような胸痛を覚えた。しばらく我慢したが治まらない。基地内医務室当直に連絡し、私は部隊の救急車両で市内の総合病院に運ばれた。

薬剤を舌の裏に含んで痛みはやがて治まったが、心臓カテーテル検査を受けることになり入院した。循環器系には異常がなく、心身の疲労が原因である旨診断され、私は三日後に退院した。

職場に復帰して、まず部長に詫びと結果を報告した。

「異常があろうがなかろうが、君にはこれからも無理をさせる訳にはいかない。基地内の隷下部隊の隊長をやってもらうことになった。管理職手当も付くし実に君が羨ましいよ」

手回しの早さと人の大切な人事を軽視した話し方に自分の耳を疑い、後頭部を殴られたような衝撃を受けてその場に棒立ちした。

その部隊は、飛行場の運用管理、整備支援と飛行場施設機能全般を維持する重要な任務で、隊長は航空学生出身の実績ある専門職パイロットが最終配置で就くことが多い。私は昇進以来、幕僚勤務の違った道を歩いており、またこの急な配置換えに、誰もが驚いていた。しかも同じ任務地で、珍しく学派出身である現隊長との入れ替え人事だ。

確かに部下が任務中にニトロの助けに遭ったことはただ事ではなく、その管理者は特別な注意や対処が必要だったろう。ただ本人とすれば任期の半ばで現配置を見切られたことの不甲斐なさを嘆く。無能の烙印を押されたことは悔しく、恥ずかしいものだ。微生物のアメーバまでもが、「お前なんか要らない！　死ね！」と言っているような気さえした。

過去にはもっと辛い、恥ずかしい事故のことがあった。今回の配置換えの人事は、職責を果たすために全力を尽くした結果の身体不調であり、他者に恥ずべきものは何もない。今ばかりは、手を差し伸べてやれるのは自分以外にありはしないのだ。

そんな苦しい時期のある夜、同期生であり、最初の勤務部隊を同じくした桑原から電話が掛かってきた。十年ぶりに聞く声だ。懐かしく嬉しいが、今の自分は公私共々恥ずかしくて語る言葉を少なくしていた。彼は前置きも少なく、

「君の二佐への昇任は、正直を言えば俺としては望まないことだったんだよ……」

唐突であり、意外で辛口のものだった。四年前の私の昇任と現在の職務上の出来事に関して、彼はある問題意識を持っていた。精神的に頼れるのは同期生だけだと思っていた私は落胆に落胆が重なったことで言葉を失い、それで会話は自然に終わった。

それからまた十年余、双方ともに現職を終えたある時、彼とは腹を割って話す機会が持

てた。あの時の彼の真意は、

「職域以外のデスクワークの道にも君は進路を広げ、挑戦していたことをよく知っている。自分たちの職域外でも評価されて君が同期では早く二佐へ昇任していたことはめでたくても、快く祝福できる場合とそうでない場合がある。パイロットとして生きる以上、本筋の職域でもっと実績を上げて欲しかった。上に立つ者としての階級章を着けるなら、その職域（戦闘機部隊）のエキスパートとなる実績と関係幕僚（参謀）の道を精進しておくべきだったのではなかったのか」と。

本人にとっても、組織にとっても、職域のエキスパートが上位に就く事は大事であり、今回の私の人事はそのブランクの代償だと聞こえた。彼の辛口のコメントはそこから来ていた。私が二回の米国勤務中に最も懸念していたことを彼も読んでいた。数年間の米国勤務の間に、同期生は命を懸けた厳しい任務を、また指揮官を支える難しい幕僚勤務の職責を果たしていたのだ。

彼は社交性にも富み、器用さと柔軟性を兼ね備えた好人物で、朴訥な私には元来手強いライバルと言えた。栄えあるブルーインパルスのメンバーだった彼らしく、生涯専門職パイロットとしての人生を満喫し、後年は大手航空会社の国際線機長の職にも就いた。

若い日々に彼には助けられ、良い影響を貰ったことに感謝し、いつまでも良い友人と思っている。彼の言葉は、親しい私に対する勇気とすべての思いをこめた檄《げき》だと信じ、これからの人生の励みにしようと思う。私に対し正直な気持ちを向けてくれていることに「ありがとう」と。

隊長として

一方で話は少し遡り、あの新しい部隊への異動に関しては、同じ基地内の次の職場で事情を知っている部下たちが、勇気を持って立派に指揮をとる隊長を内心では期待しているはずだ。そう思った。

「嘆いていては隊員に申し訳ない。隊員のために明るい職場にし、一緒に頑張るしかない。これからは隊員を大切にしよう。自分一人の体裁や面子や将来がどうした！　今こそ隊員の良い鑑になろう！」と自分に言い聞かせ、私は新しい職場の着任式で堂々と訓示を垂れた。隊員たちは私の心情と姿勢を見て、元気に伸び伸びと頑張ってくれた。

隊長として半年が過ぎ、当浜松基地の航空団が行動能力点検（検閲）を受察することになり、最大の点検項目の二種目とも私が主管隊長になった。一つ目が状況付与による飛行場での緊急着陸失敗に起因する航空機の火災対処と乗員救出、滑走路開放。二つ目が領土

T-4浜松市街上空を飛行

を侵犯した仮想敵国戦闘機の強制着陸時の武装解除と一環の処置だった。私は多くの特殊車両、器材と多数の関係人員を指揮した。
点検結果は公文書で好評され、特別に賞詞を受けたが、私はパイロットの常識から複数の腹案を練り、実動訓練を繰り返して自信を持って実行に移しただけで、特段の出来栄えでもなかった。むしろ、炎天下の訓練を繰り返した上に、命令どおり活動してくれた隊員たちに感謝したかった。
不思議なことに、この検閲で私には達成感は何一つ残らなかった。浜松基地での連続した危機管理、運用の二つの配置は、外務省以来、自分に深く宿ってきた文官（自衛官に対する背広着用の事務官）的資質に比べて心理的に距離があるように思えてならなかった。あの人事異動に響いた入院は、この点で正直に拒否反応を起こしたものかも知れない。外務省以来、私が取り組んできた官僚的、事務的な一面を持つ任務にジレンマを抱きながらも、必要な資質が私に深く宿ってしまったのだろうか。

上は武士の裃《かみしも》、下は公家の浅沓《あさぐつ》――器用ではない私は、一体何処を目指せば良いのかわからなくなってしまった。

操縦公資格免許を活用した大手商業パイロットの道にも思いを巡らせた。しかし、四十五歳を過ぎて、この道を退くのは最善とは思えなかった。今は脱線した、文字通りの夢を描けない「落ち武者」となっているが、何とかして汚名を覆す機会が欲しい。しかし世の中はそう甘くはない。

六本木プリズン

浜松基地での行動能力点検が終了したその二カ月後、私は不定期に隊長の任務を解《と》かれた。中央の防衛省航空幕僚監部への人事異動が発令され、一年半の短い浜松勤務が終わった。

空幕での担当配置を知り、一年近く前のあの試練の時、『今を生きる』ことを選択したことの大きなご褒美を受け取ったような気がした。

最大の心残りは短い期間の隊長であり、頑張って尽くしてくれた部下隊員たちの人事的な処遇を十分に施し、見届けることができなかった点だ。

「隊長は波のように来られて、あっという間に風のように去って行かれるのですか。もっといて欲しいですが、仕方ありません」

部下隊員たちは労いの言葉を送ってくれた。まだ十代の隊員を含め、薄給の中から盛大な宴席を催し、不足な隊長を送ってくれた。自分の息子、娘と同じように厳しく叱り、また可愛がった。彼らの努力に報えず心が痛んでならなかった。


ここ、東京の中枢での勤務は俗に『六本木プリズン（監獄）』と呼ばれる。渉外（外国）任務の総括を担当する私は、率直に喜びの気持ちを述べたい。

最も自分に最も厳しくなるのは、制服最上位の航空幕僚長の渉外副官兼通訳官に就く時。再び閣下の側近に呼ばれたことを感謝し、半端な任務遂行は自身が赦さず、死力を尽くし、閣下の口と耳、手足になることを肝に銘じた。

ここでの私の職務は、事業計画作成とそれに基づいた予算計上や関係諸外国、国内の関係機関との調整、空白を代表する通訳官としての技能の発揮など、質、量ともに半端なかった。週の何日かは泊まり込み、職務机の横の冷たい床に段ボールを敷き、外套を被って仮眠を取った。時間に追われることは苦しいが時間が解決もしてくれる。一介の二佐が制服トップの脇役になることの責任は重いが、自身が同盟関係や国際和平への一滴の接着剤となれることが嬉しかった。ここが『六本木プリズン』と呼ばれる理由は、職務と時間に追われて心身を病み、上階からジャンプした例が過去に何件もあるからだ。心身は悲鳴を上げても、死に神から見放された免疫を持つ私にはヘヴン（天国）にしたい。六本木の夜は長くても必ず朝が来るはずだ。そう思った。

埼玉県入間基地を起点と終点に年間飛行訓練でT－4ジェットに搭乗する傍ら、この文官的任務の両刀遣いを再び拝命したことに感謝するとともに、この配置によって自分の歩む路線の方向は僅かに見えてきた。飛行運用職域一辺倒ではなく、国際的、対外的な要素が入る両道を歩むことになるのだろう。これからは将来の補職を案じるようなことはしないでいよう。自己の補職希望を述べた上で、与えられた任務に打ち込んで生きる解放感とロマン（心情的冒険）を存分に楽しみたい。これからは、まさに、操縦席での機長は私で、『アイハヴ コントロール（私が操縦を担当する）』の心境だ。昇進や昇級への野心よりも実のある仕事をしよう。

四年前に地元で発生した阪神・淡路大震災の惨事に衝撃を受けた故郷の父は、その時から呼吸器系の持病が悪化し長い間病床にあった。二十代で地方議員や首長を務め、その地域住民のことを何より優先して取り組んだ青、壮年期にタイムスリップしたことにより、心身を更に害したことを自らの口で話してくれた。

私が週明けの大きな仕事に備えて日曜に出勤し、いつものように机の横で仮眠に入った午前三時に、父の入院する郷里の病院から「父死亡」の連絡を受けた。当日は航空幕僚長命令を一件起案し、合議、決裁を仰いでから、夕方の新幹線で東京を離れ父の眠る姫路に向かった。

喪主の務めが終わり、父には最後まで「人のために」生きた立派な男として生きる見本を見せてもらった。常に数年先を見通す、誠実で人望のあった父を親に持てたことを何より感謝したい。

入間川

一九九九（平成十一）年十一月、空自入間《いるま》基地（埼玉県入間市）の北東を流れる入間川（荒川の支流）に沿って、日の丸のついた一機のT－33ジェット練習機が不安定なエンジン音と薄い白煙を残しながら低空で飛行していた。

この機には大ベテランの中川君（三期後輩）と同じく門屋君（同期生）が乗り込み、エンジン不調で推力が低下して異臭、異音、振動が伴うため、もはや入間飛行場に辿り着き、着陸できる状態ではないと判断した。機長は民家が密集する地域を避けようと、この入間川沿いの地上への被害を局限できる場所を目指していた。

前席に搭乗の中川将補（殉職二階級特進）は、飛行隊長も経験し上級幹部への登竜門を経た総飛行時間約五千二百時間のベテランパイロットであり、後席の門屋一佐（殉職二階級特進）はトップガンの称号を与えられた総飛行時間約六千五百時間の超ベテランパイロットだった。このベテラン同士のクルーはどのように判断し、処置したのだろうか。

機体は緊急脱出に必要な最低安全高度を下回ってから、一旦「脱出する」と送信したが、学校や団地のある地域を避け続けて更に安全を求め、十三秒後に再度「脱出する」との送信を残して緊急脱出を試みた。機体は入間川の河川敷に墜落して市民への直接の被害はなかったが、二人のパイロットはパラシュートが開かないまま落下して即死した。覚悟をもって最後の十三秒間を自らの生命と引き換えにしたのだ。

ニュースや新聞記事には、送電線を切断するなど市民の生活や安全を脅かしたと言う批難の声しか報道されなかったが、彼らがその上空を避けた狭山ヶ丘高等学校の校長先生が、二人の勇気と崇高な自己犠牲を称え、校内紙に寄稿された文章には、

「もし皆さんが彼らだったら、このような英雄死を選ぶことができますか」

と問いかけ、

「私も皆さんと同じ選択をするでしょう。実は人間は神の手によってそのように造られているのです（自己防衛本能）」

「愛の対象を家族から友人へ、友人から国家へと拡大していった人を、我々は『英雄』と呼ぶのです」

と始まるものだった。


「実は、あの墜落現場である入間川の河川敷は、その近くに家屋や学校が密集している地域なのです。柏原の高級住宅地は手を伸ばせば届くような近距離ですし、柏原小、中学校、西武学園文理高等学校もすぐそばです。あと百メートル上空で脱出すれば、彼らは確実に助かったでしょうが、その場合残された機体が民家や学校に激突する危険がありました。

彼らは助からないことを覚悟した上で、高圧線にぶつかるような超低空で河川敷に接近してしまった。そうして他人に被害が及ばないことが確実になった段階で、万一の可能性に賭けて脱出装置を作動させたのです。死の瞬間、彼らの脳裏を横切ったものは、家族の顔でしょうか。それとも民家や学校を巻き添えずに済んだという安堵感でしょうか。（中略）」

「人は、他人のために尽くすときに最大の生き甲斐を感ずる生き物です。『他人のために生きる』ことは、各人にとり、自己実現に他ならないのです。

国家や社会にとり、有用な人物になるために皆さんは学んでいます。そのような人材を育てたいと思うからこそ、私も全力を尽くしているのです。受験勉強で精神的に参ることもあるでしょうが、これは自分のためにだけではなく、公のためである、そう思ったとき、また新しいエネルギーがわいてくるのではないでしょうか。（後略）」

パイロットたちの胸のうちを見事に代弁していただいた。このような校長先生に教わった生徒たちは、立派な大人に成長していることと確信する。

戦闘機パイロットである中川将補と門屋一佐は、六千時間余を機内で勤務し、三十年もの間、空からこの国の平和を護り続け、最後は多くの市民を自らの命と引き換えに護った。そして『人は何のために生きるのか』を教えてくれた。

天からこの学校と生徒たちを見て安心していることだろう。

第七章　スパイ

私は、左遷からの再出発の喜びと深い悲しみを経験した東京を一旦離れて、その二年後に再び東京に戻った。

防衛省統合幕僚情報機関の情報調整部門に配置された今の私の職務は、当方で分析された情報を基に新たな情報を取り入れる外国情報機関との交渉の接点にもなっていた。また、会議や彼我《ひが》の代表者同士の通訳も職務の一部だ。在京のすべての外国大使館が交渉相手になり、多くは情報担当者が指定されているので、彼ら彼女らとある期間は特定の付き合いとなることが多い。そのため、開戦前夜の彼我のスパイの駆け引きとは違い、相互和平への使者として個人的には幾分かは友好的に接したいものだが、この世界ではその油断こそが命取りになる。

望ましい情報交換とは相互に有益な情報を持ち寄って、両国の国益に資することだ。その頃日韓共催となるワールドカップ二〇〇二が間近に控えており、数百万人と見積もられる観客への最大の脅威となるのはテログループのアルカイダ（半年前の9・11同時多発テロ事件の首謀）が襲撃を予告してきた。

この関連で、相手側が分析したテロリスト情報を受け取り、当方の分析情報を与えるというように、基本はフェアーなギブ・アンド・テイクのルールに基づいたものでなければならなかった。

ある日、私は某国の関係者との相互の要求に応じた分析情報を携行したが、相手側は、「手詰まりで、貴方が当方に要求した新たな情報が本国から届かず、とにかく貴方側の情報が必要で、今それがなければ自分や家族の立場が大変なことになる、祖国にも帰れない」「それなら今日交換する約束は何であったのか。お互いにこの大イベントを無事に成功させたいなら、フェアーに努力する必要があるのではないか」

この相手は私としては最も信頼し、敬意さえ抱いているが、この場の交換は見送ることにした。

組織の全力を尽くして入手、分析した情報は相互に交換し、比較分析することにより更に精度が高まる。片方の努力不足は双方にとって不幸な結果となり、取り返しのつかないほどの国益を損なうことになる。国家対国家のルールは、実務現場においても確実に守られなければならず、一度の例外もあってはならない。有り勝ちな、価値のない、或いは偽情報を提供して真情報を得るのは、平和を望む国同士がやることではない。

身の危険を感じながら革鞄を両手に抱え、敢えて人通りの多い経路を後ろの人物に注意しながら歩いた。エレベーターも避けた。情報の重要性、価値はそれを利用する側によって決まる。テロリストに渡れば国家も、世界も消える。

一般に多くの情報担当者が仕掛け、陥る罠は、個人的な飲食の誘いであることが多い。金銭の授受やハニー・トラップ（女性に関わる誘惑）に掛かり、同職種の担当者が事件に巻き込まれて表面に出たケースは氷山の一角に過ぎないほど多い。

私は情報の運び屋ではない。「世界和平へのインテリジェンス」を扱う眼力を持った情報員でありたい。限られた任期の間だけでもそうでありたい。そして好敵手が存在するなら、会ってお手並みだけでも拝見したいという密かな願望があった。


ある日、某大使館付国防武官のエストラスキー准将から電話が入った。私は当国の担当ではあるが関連任務が未だなかったために、彼とは初めて話すことになる。

彼の在京大使館勤務は三回目で、そのすべてが情報担当であり、過去に何人もの当方の要員が彼の巧妙で卑劣な罠にはまって社会的に葬られた要注意人物だ。その度にこの人物は帰国して姿を消し、数年後の来日を繰り返して、現階級に上り詰めていることをその筋で知らないものはいない。

電話の内容は、

「オーチサン、近日、私どもの大使館で建国記念パーティーを催しますが、招待状をお渡ししたい。会ってお茶でも飲みませんか」

という誘いだった。断る理由は何もなく、私はこのカウンターパートと初顔合わせすることにした。

その大国とわが国とは、相互に大使館を置き武官を送っている。先方の国では外国武官の行動は監視される。歴史的にこの国が南下政策を採り、地中海への出口として求めた緊要の水域である黒海を訪れて、艦隊を背景にシャッターを切った日本の防衛駐在官が摘発された（一九八七年）。ペルソナ・ノングラータ（好ましからざる人物）として強制帰国となった事実を私は覚えている。

エストラスキー准将にはルールに従ってもらう。自分には「金子《きんす》」も「密」も、他から提供される話は断じて通用しないという自信はあったが、罠にかかった同胞たちも、熟練した、自信にも満ちた情報員であったはずだ。決して油断してはならない。

エストラスキーは二メートルを超える大柄で立派な風格がある白系のハンサムな紳士だ。正確で丁寧な、流れるような日本語の話術と品格のある柔らかな笑顔を浮かべる顔立ちは、男性の私でもうっとりしてしまう。この地域専門家は今回も日本から搾れるだけ搾り取るつもりだろう。

「やばい。この男に女性が誘われたら一体どうなるのだろうか」

もう既に魔術が効いているかのように感じる。過去のスキャンダルの火種としては納得のいくものだった。しかし、その笑顔の裏には、非情で残虐な「００７」の顔を持つ曲者であることはわかっていた。

彼との三十分の顔合わせは、刺激的で、情報員としてより、むしろ国際感覚と言語運用の面で手本となった。これからの長い関わりは避けられないが、フェアーなルールでしか対応しないことを再決意した。しかし、別れ際の彼の不気味な薄笑いに何か裏のある不自然な鬼のような醜い影が見えたのは気のせいだろうか。重なる陰湿な行動手段で身に染み着いた裏の顔なのだろう。私にはわかる。この男は確かに何かを目論んでいる。そうはさせない。

後日、私は実に簡素なパーティー招待状を持参して港区麻布台にある大使館を訪問し、一人の女性に正面玄関を入って右側の大きな部屋に通された。会場であるこの国のシンボルとなるようなコサック騎兵の彫刻が置かれた部屋には、入り口左側に飲み物やオードブルが載ったテーブルが置かれ、その付近に五、六人のダークスーツをまとった日本人らしい男性と、三、四人の白人のホステスがサービスに当たっていた。

クリスマスのせいか、開始時刻の十八時を二十分ほど過ぎているのに、出席招待客は実に少ない。この国もキリスト正教会の信者が大半であるはずなのに、まるでそのムードにない。飲み物は予め生地のウオッカがグラスに注がれているものを自分で手を伸ばし、クラッカーに塩漬けのキャビアを載せたものをつまんだ。他にはいただけるものは何一つなく質素なもてなしだ。

前連邦大国は崩壊し、新連邦は建国後まだ十年が経っておらず、経済が大きく低迷していることを象徴しているのだろうか。室内装飾も記念の館員挨拶もなく、白人ホステスも館員には見えない。

私には、歌舞伎町に勤めるホステスかと思える若い白人の女性が付いた。金髪で透き通った目、鮮やかな口紅……。

「当国の建国記念日、お祝い申し上げます。そして、ご招待ありがとうございます」

「メリークリスマスデス。アー……」

女性は適当な言葉で隙を見せ、被招待客からの誘いを待っているようにしか見えなかった。日本語も英語もそれほど使えるようではない。ウオッカとクラッカーなら自分で賄《まかな》える。何のサービスをするために横にいるのか不自然で、手馴れた夜のビジネスの誘いにしか見えなかった。

もう二人ほどいた女性はフロアには既に姿がなく、被招待客の数も減っているのは気のせいだろうか。パーティーでは招待された客同士が名刺交換を含めて有益な関係を築く良い機会と考えているが、今日の客はそのようには見えず、相手側の手中に入っているようにさえ思えた。

情報関係者だけを招待した簡易的な催しなら納得がいく。集まっても十数人だろう。それなら、担当の館員くらいにはホストして欲しい。国防武官のエストラスキー准将は、なぜ顔を出さないのか？　せめて彼の補佐官に繋ぎのホストをさせるべきだ。私は四十分ほど滞在して痺れを切らし、大使館を後にした。国柄を表すような失敬な接遇姿勢だと思われても無理はない。

　この件でも私が着意していたことは、飲食や快楽の誘いには注意しなければならないこと。どんなに軽微な一回の出来事でも、その場限りでは終わらない。この質素な接待でも無ではない。ましてや場所を変えての「アンナとソフィアのクリスマス会」に参加すれば、厄介なことになるだろう。シャンパンを飲んで昏睡しないように、靴ひもとベルトは強く針金で縛っておいた方がよいだろう。行ってはいけないのだ。

　過去に私にも社会の生命線に触れ兼ねない大失敗をしたことがあった。三年前の丁度この頃で、ある誘いに乗りクリスマス会に参加するのと似た気持ちで後先を考えずに夜の六本木に出かけてしまったのだ。

身から出た錆（回想）

　遡って、浜松勤務のあと、東京の航空幕僚監部に勤務していた頃、防衛記者クラブに所属する大手放送局の馴染みの記者から、私の次の沖縄勤務に有益な人物を紹介したいということで、仕事終わりに誘いがあった。

指定された場所は六本木のナイトクラブで、ボックス席に深く沈んだ一人の紳士と周囲に立つ四人の若い付き人が一緒だった。名刺を交換して拝見したところ、沖縄のある組の大幹部の方だった。記者が沖縄支局の勤務中に、沖縄県警とこの御方との接点で抗争事件を取材していたという。私はこの方面の方とは一度も繋がりがなく不安に思ったが、自然の流れでお互いの人生行路を辿りながら自己紹介することになった。

「大地と申します。航空自衛官で『日の丸』という樹の下に生きることに誇りと生き甲斐を感じています。職種は戦闘機パイロットです。来月、沖縄に赴任することになっています」

先方は目を輝かせて私を凝視した。しばらく会話が途絶えるほど感慨に浸っている様子だったが、その眼差しが何か気になった。私の挨拶には無言でありコメントはなかった。

先方は東京で過ごした国士舘大学時代のことと、「府中所」の塀の中での孤独な部屋での数年間につくられた人生観について静かに重く話された。酒の場であるが、ホステスの出る幕はないほど重々しく、記者が盛り上げながら静かに、穏やかに時間が過ぎた。

やはり何かが違う。任侠物のストーリーに知性のようなものが感じられ、それがこの小柄な人物に巨人のようなオーラを発散させている。こちらの出る幕もないが、それほど抵抗なく話は聞けた。

私は割勘定に留意しているので、ある程度の準備をしている。先方は数人の各ホステスに大枚を、女将には少し厚みのある大枚をチップとして渡した上、財布を渡された付き人が会計を済ませている。記者は「ここはお礼を言うだけにしましょう」と囁いた。

私と記者は一行を店先で見送ったが、この夜の一件には後悔した。なぜ、どれほどこの報道記者と時間外に関わる必要があったのか。新しい任地で協力を頂けるのがどのような性質のものなのか。生きる道の異なる人と交わり、借りを作って杯を交わすことは何を意味するのか。私は自分の無謀さと軽率さを悔いて胸騒ぎがした。

一本の電話

二回目の沖縄勤務では、地方協力本部、沖縄県全域の自衛隊に対する協力依頼を含めた自衛官募集と広報の責任があった。県庁関係局、市町村、学校、報道機関、協力団体との連携と組織的な協力関係の強化だ。勇ましい仕事ではないが、創意と熱意が必要で．沖縄の歴史的経緯と人々のメンタリティには配慮しなくてはならなかった。

琉球王国として独立していたこの小国は、大陸の清朝と東南アジアの間で貿易関係を結び、また産業は漁業とサトウキビ農業で栄えていた。また、二度にわたる薩摩藩の侵入を経て沖縄県として併合され、対米戦争末期には本土決戦の防波堤としての戦場となった。

取り残された十万余の多くの県民が将兵とともに戦い、支援し、疎開する船中（対馬丸）の子供たちさえ敵潜水艦の犠牲となった悲劇の歴史を持つ島である。

戦後三十年近くも米国の統治下に置かれ、一九七二（昭和四十七）年五月に施政権がアメリカ合衆国から日本国に返還された。現在も在日米軍人的勢力の七十五パーセントが沖縄に駐留し、主として本島中部の要地が軍用地として使用されている。県民の意識は僅かに変化しながらも、政府の方針には必ずしも沿ったものではない独特の心情が存在することを、私は一回目の勤務を通じて理解し、承知していた。


仕事に少し慣れた頃、突然、普通の口調とは明らかに異なる、凍りつくような響きで、

「大地さん、メンソーレ（ようこそ沖縄へ）」

六本木のクラブで同席した幹部の方から電話が入った。是非とも歓迎会を持ちたいという挨拶だった。月並みな理由をつけてその日は丁重に辞退しようとしたが、受け容れてもらえなかった。こちらのつけた理由に応じた遅めの時間を一方的に指定された。

やはり、あのままで済むはずがなかった。自分から先に前回のお礼を兼ねて着任の挨拶をするべきだったのか？　住む世界も、進む道も違うので、丁重にお礼を述べるとともに、関係は今回限りにしたい。

約束の寿司店に念のため確認の電話を入れたが、店主は予約も客もいないと言い張る。

組の方に確認すれば、そこに行ってくださいと答える。私は職場の誰にも行き先は残さずに向かってしまった。

那覇市内久茂地の高級寿司店前でタクシーを降りて入店しようとした時、周囲のアロハシャツの若者とは対照的な喪服姿のような若い男二人に、大きく開いた両手を派手に上下させながら止められ、

「どちらの？」

「大地と申します」

「どうぞ」

そんなやり取りの後、店内に案内された。大きな立派なカウンターにも、個室にも客は一人として見えない。店員さえもいなかった。一番奥の個室に案内された。部屋の前の通路にも何人かの男たちが間隔を置いて立っている。部屋には上座に一人、六本木で同席したその方が座っていた。

まず先に前回のお礼と、挨拶が遅れたことを深く詫びた。幹部に沖縄の印象を聞かれ、既に一回目の勤務で思い出深い、大好きな島であることを強調し、今回も公私にわたって誠実に、良い思い出を作りたいことを先に話した。

幹部は話の切り出し方に少し時間を掛けたのち、

「沖縄では組同士の激しい対立が依然として残っております。一丁のハジキは組員五人に

相当する戦力があり、うちにはソレはありますが、タマが足りません。どうしても手に入れなければ抗争の結果がはっきりと見えています」

なんという生々しい話で追い込んでくるのか。恐ろしい内輪の事情も聞かされ、私は檻に入れられて鍵を掛けられた気持ちになった。自衛隊の保有する拳銃の弾を私の力で供給されたいという話だ。先方は沖縄での生活に役立てばと、新しい欧州車と、付き合いに足りる女性紹介の話を、間を置かず付け足した。

どれほど時間が流れたかわからない。外にいた男たちが個室に入ってきて、下座の私の背中を取り囲んでいた。

私は、前回に東京で会って話したあの時の先方の関心はこの点だったのだと確信した。恐ろしいことが待ち受けていることは想像できた。自分は何のために生きるのか。何のために生きてきたのか……。一瞬、尊敬する亡き父親や親友、立派に殉職した同僚の顔が浮かんだ。きっぱりと断言する以外にない。事故と左遷で二度まで崖下に落ちたその余生に今更未練はない。

「自分は命を懸けて護ったこの国には、いつまでも忠実でありたいのです。そして自衛隊と社会は自分を生かしてくれました。私には常に有事です。命を懸けても、真っ直ぐに仕えていきます。因みに、自衛隊の弾薬は配分計画に基づいた弾薬使用命令が出されない限り出庫できず、一発の弾薬も空薬きょう（発射後に残る真鋳製の撃ち殻）を残して使用した事を証明します。弾薬庫は爆弾の直撃を受けても陥落しません。生弾の持ち出しは、誰であっても不可能です」

無理なものは無理だと、この場は頭を下げた。幹部の顔は険しくなり、大きな誤算の苦悩がはっきり窺えた。

この私の発言と幹部の表情でまた、何人かが部屋に飛び込んで来た。このような御仁に対する私の不敬な発言は前代未聞であり、決して只では済まないという空気が流れた。危機一髪の重苦しい時間が流れる。祈るような気持ちで私はボールが返るのを待ったが、それを聞くのは恐いことだ。

時間の経過とともに私の後方周囲は一層騒然となった。

「カシーン」

と、刃物を取り出すような気配もしたが、体は固まり、首も回らない。店が貸し切られていた理由もやっとわかったがもう遅い。『君子危うきに近寄らず』の掟を犯した自分の足りなさを悔いた。

重大な先方の内部事情も知ってしまった。五体満足で帰れることはもはや期待できない。いやや、ここからはもう帰れないだろう。次の返事次第で小指が一本ずつなくなる。若い衆一人が自首することで決着が着くのだろうと妄想が広がる。

長い時間が過ぎていく。

気が遠くなるほど長い時間に感じた。

やがて幹部は、両手を前方に開いて掌を半折に指を上下させた。

周囲はドドっと音を立てた。

「わかりました。私たちは別な生き方をしているのです。今日のことは全部忘れてください。いつか食事でもしましょう」

幹部は重々しかった口を開いた。それを聞いた付き人たちは静かに外に出た。ここでは辛うじて逃げ道を与えられた。幹部を中に残し私は店を出た。強面の若い衆たちがいつまでも見送っていた。


どこでボタンを掛け違えてしまったのか、私は深く反省しながらタクシーで帰路に就いた。これが二回目の沖縄勤務の駆け出しであった。この後はこの関係で一切油断ができないのは苦しい。「事故」にも気をつけなければならない。歩行中の車の接近や夜の道と陸橋など、いつまでも背後の人影が心につきまとった。

縁故募集

一九八七（昭和六十二）年十月、国民体育大会のソフトボール会場であった読谷村《よみたんそん》のメインポールの「日の丸」国旗がその場で、後に村議に当選する人物に焼き捨てられた。また、その前年には沖縄県下の全高校の卒業式で、保護者と全生徒、校長を除く全教員が国旗に背を向けて動かなった。その中で読谷高校では、一人の女子高校生が国旗を奪って溝に捨てるという事件もあった。大東亜戦争の最後の激戦地となった沖縄で、自衛隊広報を組織的に行うことの厳しさを考える度に気持ちが怯む。

また他方では、バブル経済の終焉以降の県民の完全失業率は七～八パーセントと、他の都道府県に比較して群を抜いて高く、そのために就職先としての自衛隊は沖縄県警などと並んで競争率が高い傾向が続いていた。公には米軍や自衛隊には抵抗を示し、私的には子や孫の求職で身近な存在になるという矛盾が起こっていたのだ。

私たちの職務では『組織的な広報活動』と厳正かつ公正な人選・採用を旨としている一方で、最も注意を要するのはこの採用の段階で受験者の保護者と募集担当広報官の間に闇の第三者が入って多額の金子《きんす》が動くという懸念だった。それに担当官が直接関わるということは絶対にあってはならない。各級議員や有力者などを通じた当方への口利きは募集協力と言えるが、それ以上のものはまったくない。

県下の配下担当事務所から合格発表の期日時刻に先立って合否情報を本部に要求することには例外なく応じないし、許さない。この種の事前情報一つで悪事が蔓延《はびこ》り、口利きの価値が跳ね上がることになる。この接点では金銭の他に男女関係など多様な人間関係の不祥事が過去に起こったことは耳に入っていた。

そのような時期のある日、協力関係にある有力者の一人が私への面会のために来訪され、『航空学生』の受験者情報について神妙な面持ちで、

「沖縄から女性パイロットを出したいけど、琉球大学一年生のある女の子を何とかして欲しいんですよ！そうして沖縄の広告塔にしましょうよ！」

「いつもご協力ありがとうございます。私も沖縄から広く適格者の受験を募ってその日が来るのを待ち望ん

飛行4000時間達成記念。那覇基地にて

でいます。しかし、この職種も本人の適格性に大きくかかっています。適性によっては命を失い、第三者を犠牲にすることにもなります。ご要望はよく理解できます。合否にはお力にはなれませんが、受験対策には全面協力します」

「力になれないとは何事ですか？　それに私の立場をわかってそう言っているのですか？国会議員に今すぐ連絡を取って、貴方の人事処遇を決めてもらいます。貴方は沖縄にはいらない人だ！　すぐに内地に戻ったほうがいい」

協力者は携帯電話を取り出して操作をし始めたが通話には至らなかった。仮に人事的な圧力がかかり、私が更迭されるか否かの瀬戸際に立っても、断固として発言は変えない。この地方の歴史的な背景から、協力者の恩恵が多くあった一方で、このような圧力も数えきれないほどあった。地元有力者との協力関係は過去の縁故募集時代の遺物であり、組織的広報には大きく改善を図る必要があるため決して妥協しないつもりだった。広報担当者が大切にしてきた組織的な協力者と、このようなクビにしてやる、しないの衝突を起こすことは実に辛い。改めて先方宅に出向き、自分の非礼を詫びることにしよう。しかし、パイロットはどんな報いがあろうとも、曲がったものは真っ直ぐとは言えない。沖縄の若者の本当の幸せを協力者と力を合わせて実現しよう。そう思った。

一方で、県民感情という複雑さを超えた沖縄の子供たちの純粋な向上心と職業意識に直接に向かい合うと、感動さえ覚えた。先方学校管理職との真摯な交渉の末、高校や大学の講堂や教室で説明会を催す組織的広報の実績を積み上げ、生徒たちに実際の姿を見せ聞かせて生涯の夢を共有できた。その結果として昨年までの年間自衛官受験者総数（防衛大学校から一般までの全採用種目受験者で合格者ではない）が六百人止まりだったものが、新しい協力関係が機能して一挙に二千人を超えた。

「大地さん、泡盛（琉球焼酎）を飲みましょう」

校長先生方や県をはじめ各市町村の行政担当者方にも誘われ、お返しに地酒（清酒）でもてなすことが少なくなかった。銀行ＡＴＭには足繁く通うことになったが、これが何より嬉しい褒美だった。そのような協力関係の中で、自衛隊父兄会沖縄県連合会の比嘉誉会長は、県下小学校の管理職を経歴された教育畑の出身でありながら防衛にも思いが深く、格別のご協力を賜って組織は任務を達成できた。個人的にも今回の広報任務は厳しい壁に囲まれたものであったが、比嘉氏との交流に励まされた二年間は生涯の宝だ。

私の心を絶えず支配していたあの六本木に端を発する関係の身の危険は、任務期間中にはついになかった。同じ失敗を繰り返した時には、次は命はないだろう。

この後の勤務は、二年前に遡った東京での外国大使館書記官との情報折衝ということになる。そして、更に二年後にはいよいよ定年を控えた最終配置を迎えようとしていた。

第八章　イラクへ

比較的定年の早い隊務も最終配置として、奈良の空自幹部候補生学校勤務となった。防衛大学校卒、一般大学卒、飛行（航空学生）、部内選抜、医科・歯科、技術（理系修士、博士）の各幹部候補生課程を約一年間受け持った。彼らは部内選抜を除き、一般自衛官候補生とは別な幹部要員採用枠で入隊する。

前任地の東京でこの最終配置を拝命した日は、最後まで現階級に留任する腑甲斐ない自分を卑しめ嘲りまた責めて、一人で屋台の苦い冷や酒を呷っては嘆いた。公平に授かった登用試験の機会を無にした上で、内心は昇任を期待していたことからの無念さでもあるが、すべての結果は自業自得だった。要所の一つの失敗には所詮帳尻合わせはできない。

しかし、階級や処遇は神が下されたものではない。しかも、出身派閥、階級章の世界はあと二年で終わるのだ。過去を悔やみ、未来を憂いて生きるのではつまらない。以前にも「今を生きる」ことを何度も学んだはずだ。それが私の戒めとなってきた。

ここは飛行幹部候補生として学んだ懐かしい母校でもある。訓練が始まる前に操縦英語課程でも楽しんだ学校で、ある文官の教官に教科「英語」で褒めてもらえたことがあった。それがいつまでも励みとなって、語学が操縦に次ぐ好きで得意な分野になれた。英語教育面からも、尽力できる立場にもある。この学校で、二十代前半の私が学生として楽しんで頑張った成果が、今の配置を招いたと思えば悪くはない。

この任期では、良い環境で質の高い教育の機会を学生に与えてやりたい。『青は藍より出でて藍より青し』。すべての学生が早く自分などを越えて成長することを何より願った。それにはまず教官の輝く生き様こそが何よりの教材だろう。それできっぱりと自衛隊とおさらばしよう。方向は見えたが、これまでの生き様がそうであったように、具体的に何か意義のある取り組みが無性に欲しい。


同時期に教官をしていた高い学位を持つ川東三佐を私は敬愛していた。彼は次のように語る。

『大地二佐は幹部候補生を教育指導する教頭の立場で、革新的に取り組み、教育シラバスの刷新などの陣頭に立っていた。特に教育現場では、直接に授業をするのが大きな喜びのようで、その少ない機会には情熱を注ぎ込んで将来の幹部自衛官のあり方や使命を論じていた。

彼はまた航空学生出身である点が極めて特異な人事配置だったと思う。パイロットの大御所だと聞いているが、教育部教官は博士、修士の学位を持つ者が大半だ。その陣頭にある彼は、表向きは学位や学歴には拘らずアカデミックに職責を果たしておられ、私たちは静観しながらも敬意を払って指示と指導を受けた。

その切り込み方の一つに、空自の中でも実力と実績を持つ文官の英語教官たちを前にして、彼はなんと英語で自身の教育のあり方を論じては教官たちを指導し、研鑽意欲を高揚させていた。教官たちはこの学校がもはやあぐらをかける安住の地ではなくなったが、彼の英語教育への情熱を慕っていた。

一方、私的な場では、冷たい黒エビスを飲みながら人生のその後の将来を語り合うことがよくあり、その時彼は将来も教育に携わりたいという冗談のような夢を密かに話されたことがある。私は厳しい本音を言わせてもらった。

「学位も資格も持たずに文科省下の学校教育などできないでしょう！　このままではどうにもならないでしょうが！　社会は自衛隊のようなわけにはいきませんよ。丸裸じゃないですか！」

彼は頷いて、唇を噛みしめて何度も首を縦に振っておられた。研究熱心な学者肌であることから、学位のないのが惜しいと何度かお話ししたことがある』

定年退職が私にも迫っており、残りが一年を切ったことを喜ぶのが自然なことだろう。夢を追い駆け三十五年近く空を飛び、国内、国外を駆け巡って奮闘はしてきた。しかし、職責や地位は順調な右肩上がりでは進んでいない。持ち前の活力であるバネも少々伸びている。

『文武両道』を目指して航空自衛官への道を歩んだ私にとって、その最終成果はどうであるのかの問いに未だ答えは出ていなかった。このまま、与えられた任務を漫然とこなして定年を待つことが残念で、何か燃え尽きない。階級や職責の問題ではなく、果てしなく理想と夢を追いかけて世界へと羽ばたいたあの情熱を、過去のものとして幕を引くのは悲しい。定年という個人の意志では敵わないものには、残された時間と空間の中で自分なりの結論を見つけたい。納得できるミッションを今一度だけ持ってみたい。そう思った。

生きる権利を

世界では中東イラクの独裁者サダム・フセインが核兵器を隠し持ち隣国を脅すという疑いから、アメリカが二〇〇三（平成十五）年三月に国連決議を待たず開始したイラク戦争は二〇一一（平成二十三）年に終結した。しかし、その後もスンニ派とシーア派の宗派争いやテロは絶えず、新政府での統治は安定していない。国民の生活基盤は戦争の爪痕が残り、極めて無残な状態であったことから、任意同盟の一国として自衛隊は人道・復興支援を続けている。

イラク復興への各国の支援は石油問題や宗教テロ撲滅などによる中東の安定が国益に密

接に関係することや、人道的な観点から国際社会における役割を果たすことの意義は、日米同盟を超えて存在する……と、私は理解している。

陸上自衛隊はイラク領内のサマワに駐留して病院や学校、水道や日常の道路などの重要なインフラ再建を支援した。医師を派遣して学業が継続できなくなった医学生にインターン教育を施し、医師までも育んだ。そのような人道活動を空輸支援するために、空自は隣国のクウェートに駐留する米軍基地にＣ－１３０輸送機三機を展開していた。

イラク人道・復興支援の第二期目に入って次期の要員を検討している通知が職場に届いた。今回の交代要員の勤務地はアラビア半島のカタール国であり、乗務はしない空輸計画の企画と危機管理、情報幕僚だ。

「今だ！　日本の子供たちも、中東の子供たちも同じように救い、生かしてやりたい！」

私はこのタイミングを逃さず被派遣希望を上司の校長に申し出た。

校長は私の意思を十分に確認し、尊重された上で上申され、早速に『適任』通知が来た。立場はアラビア半島のカタール国で、クウェートからイラクを往復する空輸計画と危機管理で実務と総括に当たり、米空軍を中心とする有志連合国との役務・運航調整を行う。文武両道の舞台が次は中東に開けたのだ。

これまでに経験した任務の集大成として、世界規模の人道活動に貢献したいという私の意思表示は、半年先の定年を控えて自然に湧き起こった本音だった。因みにイラク領外の地上勤務の支給手当は比較的僅少で、特殊型の生命保険に加入することになるが、保険料は高額で、差し引けばいくらも残らない。しかも、この任務関連での昇進は殉職を除き基本的にない。人選は主動部隊の割り当てと個人の意志で決まる。従ってこの空自の派遣は国際貢献への使命感だけが動機であると言え、現地に赴く隊員の想いは純粋で崇高だ。

私のこの半生は、自衛官として大切な国土と国民を護るために内外の地で務めた。各国が自国の国益のために動いた結果、不幸な国民が世界のどこかに発生するのが現実だ。これまでの人生で、子供たちが生きる権利さえも与えられずに死んでいく現実に立ち向かう機会はなかった。

建設的な防衛活動として、今、まさに自衛隊がその人道活動に当たり、僅かながら与えられるべき時間と空間は残されている。

出発の朝

出発を翌週に控えた週末、家族と親戚に挨拶を済ませた。母親には時期が大詰めになって知らせたが、納得させるより、諦めてもらうと言うのが正しかった。幼少の時から私はやりたいと思ったことは親の言うことも聞かずに隠れてやったが、今回ばかりは嘘はつけない。半生を危険な職務に就き、そして最後にはテロ戦争渦中の中東に赴くことを告げた。母をはじめ、家族は驚いたが、内外の情勢と私の胸の内を推し量り、理解してくれた。

大学に在籍しながら将来に展望が広がらず悩み、苦しんでいる息子への一つの教えになればとも思った。埼玉に下宿して食べるものも食べていない彼を池袋に呼び出して、持たすものを持たせ、焼肉を食べながらイラクに赴く話をした時には、彼は涙を流して思わぬ話題に衝撃を受けた様子だった。

職場の奈良基地、幹部候補生学校を出発する朝、

「大地二佐、元気で帰ってきてくださいよ。約束ですよ。これ、私が作りました、いつも持っていてください……絶対ですよ……」

一人の若い女性自衛官が丁寧に縫い合わせた手製の立派な人形をお守りに持たせてくれ、下を向いた。刺繍のメッセージ付きで何日もかけて作ったに違いない。これほど勇気を貰えるものはない。

「ありがとう、大事にするぞ！　ありがとう」

目頭は熱くなり、思わず頬が濡れた。残りが半年間と迫った自衛官としての半生に、またた一つ大きな使命を授かった嬉しさをこの女性隊員が実感させてくれた。

「『武運長久』ですよ。防弾チョッキは必ず着けるんですよ！」

教官たちにそう励まされ、庁舎から営門に向かう道路脇に立てられた何本かの大きな幟と一列に並んだ全隊員、職員に見送られて、私は一人学校を後にした。

以前のＰＫＯ（国連平和維持活動）の出発に際しては、自衛隊の海外派遣は憲法違反だと反対する国民からの激しい投石に遭ったこともあり、プラカードによるデモの中を護衛されて隊員はこの小牧基地を出発した。

今回の出発は更に条件の悪い世界情勢の中を、野党議員の反対を押して小泉政権が決定したものだった。悲しいことではあるが、従来以上に国民からの激しい抵抗が予想され、近い距離であっても駐機場へ向かう無難な経路や輸送車両の検討もなされたと聞いた。命を懸けて護った国民に、最後に投石を受けて血を流しながらイラクに赴くことも覚悟した。国民の裁きなら逃げずに、投石による傷は真摯に受け止めたい。そう思った。

多くの国民が自衛隊の存在に理解を示しているが、法の整備に関しては頑なに『護憲』というスタンスを譲らない土壌を育んできた政治と教育の結果だと私は信じている。信念で大義を務めることには、多くの激励や儀式は必要としない。国を、国民を護ったのは職務、職責からだけではない。自分の信念であり、使命というより本能として家族を護ることと同じだ。

イラクへ出発前の記者会見（空自小牧基地）

イラクへ出発（空自小牧基地）

外務省に出向した時期にも、一年に三人の首相を生み出した当時の内政の如何にかかわらず、外交官は全力で日本国を最良の方向へと導く苦しい努力を惜しまなかった。自衛官は勿論ながら、国家の公僕は等しく困難に立ち向かっている。

「イラク領内を旅行中に三人の日本人が人質としてテロリストに捕らわれ、自衛隊のイラク派遣撤退をその解放条件としている。それでもあなたたちは行くというのですか！　日本人を見殺しにするのですか！」

多くの報道陣が同様の複数の質問で私を追い立て、厳かな会見とは程遠い、感情的で白熱したものになった。

「私たちはイラクの人々、多くの子供たちの人道支援、復興支援に向かうのですよ！　また、人質の方々のできるだけ早い救出を願っています。この気持ちには変わりはありません！」

各テレビ局はこの緊迫した状況を報道した。

二〇〇四（平成十六）年四月半ば、私はこの派遣団の代表として出国の矢先に実に厳しい記者会見を済ませた後、一行は入れ替えのC－130輸送機に乗り込んで四ケ所の中継地を経てクウェートに向かった。

途中、ドバイで私たち空輸計画・情報の十名は民間機に乗り換え、『ドーハの悲劇』で知られるカタールの首都ドーハに向かった。

イスラムの世界

目的地である勤務地はドーハ郊外の砂漠に位置する広大なアル・ウディド米軍基地の一角にある地下作戦中枢だった。砂漠に建てたベニヤの簡素な仮設に起居するが、目覚めると口に細かい砂が入っている。空気に交じった砂塵を吸っているのだった。

米軍の給食を喫食する契約が交わされていた。そのメニューは朝食風で品数は限られ変化はないが、ベーコン、生野菜、パン、牛乳、果物と、この中東の砂漠地帯で輝くほどの新鮮な食品には、その管理、輸送手段に驚かされた。ここもアメリカだ。

共同シャワーを浴びるにも時間が限定されるほど砂漠では水が不足し、しかもこの水は飲んではならないものだった。軽い傷を負った私の右足は、この水で抗生剤を投与されるほど化膿した。

北緯二十五度のこの地では、初夏の太陽はほぼ頭上にあり、気温は日中五十度を超え、風が吹けば砂嵐となり、まるでバーナーを浴びているような熱風だ。工事人夫も夜に作業し、サソリも昼は顔を出さない。

私たちの職務は、地下施設の大きな作戦室の参加国別に仕切られた島で、セントリックス・コンピュータープログラムを使って各国との調整、空輸計画作成、クウェートの飛行隊への発令などだった。また、遥か日本国内の司令官への報告や決裁も得る。前任者たちとの引継ぎを終えて、二交代制の勤務で昼夜を回して頑張った。

イラク領サマワでは、陸自隊員が厳しい環境で長期の勤務に頑張っていた。人員や物資を空輸する時は、安全のため彼らが日没までにサマワに戻れるように、最寄りのタリル、或いはバスラ飛行場に向かう。現地で積荷を降ろす時もエンジンは回しておく。テロリストなどに襲撃された場合には、一刻も早く確実に離陸するためだ。

ある日、空自C－130がクウェートを出発してイラク領タリルに向かっていた。異国カタールの作戦室では私が調整任務に就いていた。突然、情報担当から同空域の経路を飛行しているある参加国空軍の輸送機が地上から発砲され被害を受けた可能性があるという情報が入った。この機は空自C－130より前を飛んでいた。クウェートの指揮所に、飛行中の機長に直ちに反転して帰投させるよう促し、辛うじて難を免れた。

またある日にはこんなことがあった。

空自C－130ではイラク領内に入った時には一斉に防弾衣を着けることになっていたのだが、同指揮所から「輸送中の陸自隊員一名が防弾衣を機内へ持ち込むのを忘れたという状況、引き返して再離陸を検討したい」

との深刻な企図表示があった。

まずクウェートの基地からの離着陸は過密状態で即刻の再出発は期待できず、仮に順調にいっても重要な人員と物資を日没までに届けられない。陸路を移動中にテロリストに襲撃される可能性は更に高くなる。私は事情を簡潔に話し、

「一義的には陸自隊員の処置は陸自最上位者の判断に委ね、最終的には、最上位の機長の判断で防弾衣の処置を取るなどして、とにかくそのまま目的地に向かうように」

そう独断で即刻指示した。司令官に事後報告したが、それについての是非の指導はなかった。私の真意は陸自最上位者が自分のものを与えるのが筋だということだ。

幹部（ここでは陸自先任者と空自パイロット二人）が隊員に防弾衣を貸し与えるのは常であっても、機上にある操縦士の安全運航の責任は絶対のものだ。決して重責にある上位者の命を軽く考えてはいない。統率の信条であるのと、若い命を大事にしてやりたいと思うようになっている自分の主観からだった。

聖戦

日中の仮眠も暑さから十分とれず生活のリズム調整は難しく、ストレスは溜まり、食欲も落ちた。同チームの十一人全員が自己管理するのだが、次第に皆口が重くなり、会議の時に普段はあり得ない感情の爆発も多々あった。

テロに対する基地内外の警備は想像を絶するほど厳重で、至る所で機関銃を構え、検問を受ける。車両で移動するにも障害物が山と設置されている。砂と鉄条網と灼熱の世界でのこの任務は、ゴールがなく、復興支援が続く限り神経戦が続く。精神面への危険性と隣り合わせの任務だ。

隣国のイラクでの陸自隊員は、更に過酷な生活環境や危険性の高い任務の中、長男である一人の若年隊員のお母様の危篤の知らせで、上司や同僚の理解と高額な航空運賃の不足分の援助で彼を帰国させた。気の毒にもお母様のご臨終には間に合わず、お葬式を済ませて、数日後にこの隊員は厳しく辛い任務地に自分の意志で戻って来ては感謝の意を述べたと言う。立派な陸上自衛官に深い敬意を表したい。

月に一度はシフトを外し、三人がペアとなってドーハ市内で少しは気休めするようにした。安全には安全を期して現地の日本大使館員等の支援を得た。イラク南方のペルシャ湾に面したアラビア半島の小国カタールもイスラム教徒の国だ。厳しい戒律や食文化の違いをはじめ、『アラーの神』への信仰のもと自爆テロも美化し犠牲を強いる文化は異質なものに見えるが、ここでは現実のものなのだ。

大使館の現地職員の運転するランドクルーザーで、郊外の砂漠地帯を奥深くまで案内してもらった。見渡す限りの砂丘で、北回帰線直下の夏至だった。真上に太陽があり、気温は恐ろしく高く、方向はまったくわからない。「カタール・ヒマラヤ」と呼ばれる国土の最も高い地点だそうだが、標高は二百メートルもあるのだろうか。とにかく見えるものは砂漠と遥か東のペルシャ湾だけだ。その湾岸に製油所の煙突から柿色の炎が噴出しているのが微かに見えた。

その時、このような場所で砂丘に一人立っている白装束の二十代前半と思われる女性と出くわした。僅かに轍の残る道なき道の側で、何も持たずに簡素な衣装とゴム製の草履を履いている。頭にはベールを被り目から口まで露出しているが、彫りの深い切れ長の目は実に美しい。灼熱の砂漠を車で一時間以上も走ったこの場所で、不自然にも一人の女性と遭遇するという、まるで映画のような情景が起こってしまった。

現地人のドライバーにアラビア語で通訳してもらうと、ラクダの売買で口論となり、男に置き去りにされたという。ドライバーは座席後部の荷台に乗せてはどうかと言うが、私たちは聖戦を挑む爆弾を隠し持った戦士であることを恐れた。その一方で、この女性は涙を流して哀願している。

命の懸かった判断は今すぐ下して行動しなければ危ない。人道的にはどのように考えればよいのか。決して多数決や上位者が決めるというレベルの問題ではなかった。

「子供や女性までもが爆弾を持つよう、ジハード（聖戦）に洗脳されているというじゃないですか！　こんな美人だからこそ、その可能性はありますよ！　股の間に爆弾か劇薬を持っていますよ。やめておきましょうよ」

仲間の一人が進言し、私たちは同意した。

この女には近づかずに早く離れようということになって、それぞれの持っていたペットボトルと予備の水をほぼ全部その場に残して急いで去った。

どうしてこのような場所へ案内したのか、その偶然性にドライバーが疑わしく思えたが、考え過ぎだったのだろうか。もしかすれば罪のない女を見殺しにしたのかも知れない。これが泣き叫ぶ子供連れだったらもっと辛いことになっただろう。日本ではあり得ない情景に心が酷く痛んだが、ここでは油断して、決して情け心を抱いてはならないのだ。自衛官であるからこそ、これが最も難しいことだった。当分はカタール・ヒマラヤを忘れることはできなかった。

安全とは高価なもの

商店街や大きなショッピングモールでは、一見して裕福とわかる家族ばかりがショッピングを楽しんでいた。黒装束で目もとだけが開いた淑女。白装束で黒々と整った鼻ひげの紳士。イスラムの世界では、飲酒、豚肉食、姦淫は御法度で罰則は厳しいとされている。つかの間の自由な環境でアルコールが恋しくなって、もしかと酒コーナーを探して見たが当然なかった。刺身や豚カツ、ビールが山と並ぶ日本のショッピングセンターは、何という極楽浄土なことか。思うだけでも生きる望みが湧く。

よい香りに釣られてカレー店に入れば、インド人が一人で調理と接客をしており、香りの割には衛生的とはいえない調理場と食卓――しかし郷に従えだ。ポークが御法度ならビーフにするか。ところがヒンドゥー教徒は牛肉が御法度だ。メニューを聞けば何と魚肉カレーで、いつ獲れたかわからない見たことのない魚が冷蔵庫に入っていた。日本なら冷たいビールというところが、やはり酒は御法度。水と氷も危ないのでコーラで乾杯。フィッシュ・カレーの味は良かったが、相棒たちも考えていることは同じで、急いで帰って倍量の正露丸をほお張った。

幸いにもテロの被害にも遭わず、市民の生活の一端が窺えた貴重な数時間の外出だったが、砂漠での出来事が心残りなのは私一人だけなのだろうか。

任期は無事に満了し、引継ぎも終わり、帰国の途に就いた。

カタール・ドーハからは空輸計画の八人が、クウェートからは飛行隊の八十数人がアラブ首長国連邦のドバイで合流した。ドバイ発大阪・関空行きの、このアラブ首長国連邦の航空会社エアバスは特に古い機体で、搭乗口の所持品検査はまるで甘く、ないに等しかった。乗員、他の乗客の人相も風体も決して良くないように見えるのは先入観からか。

自分たちが乗客の大半を占めるからこそ隊員たちはテロによる爆破を恐れ、国を代表して任務を行ったのになぜ最後の最後にこのような便になるのか、会計官吏を恨んだ。この場に臨んで、

「自己負担になってでも、ロンドン、アラスカ経由で、日本の大手航空会社便で帰らせて欲しいんですが！」

と真剣に持ちかける者も何人か出てきた。

「君らは退職を覚悟して言っているのか？　この便に乗るのが任務だ。乗るのだよ、さあ一緒に帰ろう！」

一喝して落ち着かせたが、胸中は同じ思いだった。

一九八五（昭和六十）年当時、イラン・イラク戦争勃発時の邦人救出に自衛隊機も日本の航空会社便もテヘランに乗り入れしなかった。イラン国内に駐在していた日本人家族はテヘランのメヘラバード空港に集結しながら、国外脱出の機会は絶望的な状況にあった。

一方で、トルコ国はトルコ航空の協力を得て決死の救出便を出した。その時、両国間の歴史的経緯（一八九〇年に和歌山沖で起きたトルコ軍艦エルトゥール号遭難事故での地元民の献身的救助）から、日本人に報いたいとして、限りある座席を自国民より空路脱出が必要な二百十五人の日本人を優先させ、残されたトルコ人は空爆の中を陸路で脱出するという、忘れてはならない感動の歴史が再び生まれた。

今回の帰国便に関しては、政府専用機を含めて、イラク領サマワに駐留して人道支援の主力となる陸自隊員とのバランスもあり、また民間航空には関連条約から大手二社は難しい立場に置かれていた。国策が尽きて当便になるなら致し方なかった。

当時、テヘランの空港で絶望的な待機を余儀なくされた在留邦人家族を思えば、遥かに恵まれている。当便がペルシャ湾、北朝鮮工作員による大韓航空機爆破事件のインド洋、そしてヒマラヤを無事に越えられるか誰もが心配ではあったが、大任を果たした後においても貨物のように扱われるのかと、決して自衛官の地位が低いと嘆いてはならない。私は心の中で何度も自分にそう言い聞かせた。

大陸を越え、東シナ海を見下ろしながら、水と空気と安全が何と高価なものであったことかと認識せずにいられなかった。任務達成感は残るが、自分の自衛官としての幕の引き際が、この帰路に象徴されているような気持ちになった。理想的なフィナーレなど夢物語であり、結果的に人生も飛行機も安全着陸であればよいのだと思った。

来月の定年後の生活手段は、まだ決まっていない。内心では決めてはいても、自分には資格など足りないものばかりだ。なぜ、もっと早くに準備し、実行しなかったのか。それは私には「定年」という響きが他人事のように聞こえていたからだった。まだ、やり尽くしたと言える実感に乏しく、また、失意からの回復の可能性さえ与えてくれたこの組織に期待したい願望が残っているのかも知れない。言い換えれば、桜花の光る階級章の付いた制服が与えてくれた、多様でとてつもないスケールの任務や事業に中毒症状を起こしていたのだろう。

自分に残された時間はついに使い切った。ジェット機を操縦し、地球を百回も周回する距離を飛んだことになる。転属の回数は二十件を数え、何れの職場も短い任期であったにもかかわらず自治会長まで拝命して（浜松市和地山町、奈良市藤原町）無事にお勤めさせていただくなど、日本国中、そして世界の国々の凝縮された思い出が瞼に浮かぶ。十八年間を専門職操縦者として、また後半の十八年間を管理操縦者として多くの人々に助けられた三十六年の航空自衛官である操縦士人生がついに終わった。

終章　ファイターの道は続くのか

自衛官の定年は事務方より早い。五十五歳の誕生日で定年を迎えた私は、奈良基地の隊員に送られて自衛隊を去った。

この日、国から一等空佐（大佐）への昇任を拝命した。この階級は千人規模の隊員を率いる連隊長、或いは戦艦、空母の艦長クラスにあたる。この階級章を一日しか着けることができなかったが、これから世を渡る上で、壁に当たり勇気が必要な時には武士であったことを思い出し、公正に、かつ冷静沈着に振る舞いたいものだ。

比較的若年の定年であるため、再就職援護のお世話で航空機使用事業からの誘いを受け、再びライセンスを活かせる道が巡ってはきたが、独り寂しく家を守る老いた母の切な願いを定年まで待たせたこともあり、通勤圏外でのこの再就職は諦めた。母の介護は宿命であり、私は意中の道をゼロから開拓しようと郷里に戻った。

公務から離れて肩の荷が軽くなった。あの階級による上下関係と、学閥意識から解放された清々しい気分というものかも知れない。また、あの上下関係で尊大になるという浅ましい自分からも離れたかった。これからの人生は公家でも武士でもない。刀を捨てて、身分証明は運転免許証だけだ。

見慣れない車の県外ナンバーも加わって、五十代半ばで無職になった私のことは郷里にどのように見られているのか。

駐在の警察官が自宅にやって来て、

「この車はどうしたんかな。自衛隊にいたと聞いているが、定年までまだ年数もあるのに、何かがあってここに戻って来たんかなあ、ああ？」

などと職務質問された。何を答えても晴れない様子だ。

「また来るから」

と首を傾げて挨拶もなく帰って行った。自衛官の定年について無知であり、不名誉な退職を疑ったのかも知れないが、歓迎こそいらないとしても一体私の何が問題なのだろう。

禽獣駆除のために猟友会に入会し、猟銃を保持したいという気持ちを自治会長に話したことはあるが、その牽制だろうか。問題のある元自衛官に銃が渡れば危険だと。

また、正直な隣人の一人からは、

「イラクに行って巨額の金を貰ったって？　この車もそれで？」

と訊かれた。

「そりゃ、命と引き換えやで」

と挨拶代わりに返しても良いが、それでは後輩の自衛官が可哀そうだ。七年目の車検を終えたトヨタの小型中古車がそのように見えるとは不思議なものだ。支給手当は僅少で、紛争地での特別傷害保険個人加入でそれも消えてなくなることを説明しても、

「銭にもならんのにそんなところへ何でまた行ったんや？　危ないのに。そんなはずがないやろうが！　綺麗ごとはあかんで、ここでは！」

と金子《きんす》を疑う。このような郷里の第一印象から、私は自分の任務が金銭のためだけではない、特別な意義を持たせてくれる崇高なものであったことを、言い換えれば、半生勤務した環境はどこも立派な文化圏だったと改めて懐かしく、嬉しく思い起こす。若いうちに非進歩的な故郷を離れて、航空自衛官として日本国中、そして外国勤務で良い思い出を残せたことが宝のように思えてしまう。

『井の中の蛙大海を知らず、されど空の青さを知る』という諺があるように、私は自衛官という特別な公務員の立場で民間の社会とかけ離れた、思想と活動の制限をはじめ義務の堤に囲まれた世界で半生を埋めてきた。しかし、その井戸から見る小さな空は限りなく深い青さで、ある使命感を覚えることができたのではと思うと、あの環境も捨てたものではなかったということを実感した。そして理解されることの難しい職業であったことで、自分なりの信念が宿ったと思いたい。

　これから懐かしい慣習を授けてくれる村人たちの世界観はどうなのか。『郷に入れば郷に従え』は少し難しいようにも思えるが、行事等への協力は大いにしよう。そう思った。

再就職への想い

私には前職中に努力してきたと思う語学の英語に拘《こだわ》りがあり、これを外しての再就職は考えたくはなかった。才能には恵まれてはいない中で培った技能は、簡単には捨てることができない。使えるはずの能力を制限されるのは、努力することより苦しい。

そのため、県内、近県の商社や語学教育関係で就職活動をしたが、年齢、学歴、貿易実務経験、堪能な第二外国語が必要とされてハードルは高く、門戸は閉ざされた。

再就職できないままの私に、退官直前に防衛・イラク関連の講演の機会をいただいたロータリークラブの地元有力者から、後任者に欠ける一つの新しい任務である、郷里に所在する法務省下の保護更正施設の長への就任を促された。そして早速、保護司の講習と、大臣の承認を得る手続きに入りたいという運びになった。

この職務は、重大な罪を犯して長い刑期を終えた人たちの社会復帰を支援するため、数人の刑務官出身の保護司を配下に、元受刑者を協力雇用主の元に通わせる施設の長で、刑務官以外の国家公務員退職者が任用される。報酬は慎ましい額であるが、重要で責任のある職だ。非営利の社会規範に則した任務であり、学派でなかった自分に似た弱い立場からの出発者には尽力したいという点で、一考の余地がある上、生活の支えとなるだろう。そう考えた。

一方で、大学での就学は高校時代からの大切な目標であったが、職業パイロットの進路を歩むことで断念せざるを得なかった。そしてある時から再びそれが必要と考えるようになった。進学の主な動機は、退官後の語学職での就活でその必要性を痛感したことに加え、学校教師を次の職として自分の胸に秘めており、肝心の学位と関係資格がなければその教職には就けないからだった。しかし数年先の就職の可能性は極めて低いと見積もるのが正解かも知れない。多くは期待できなくても安定した収入は欲しい。

この二つの深刻な選択に迷い、二週間、三週間と日にちだけが過ぎていく。強い頭痛で薬も効かず正常な判断を下すことが難しい。若い時代に九州の女子中学生の家庭教師を務めて抱いた将来の希望や、外務や公務通訳官での学びの矛先は何処へ向かうのか。生活の安定が生きる目的になろうとしている。昔に習った「食べるために生きるにあらず」は理想に過ぎないのか。切実な希望と現実、相容れない人生を私は歩まなければならないのか。

いよいよこの任務を辞退することが難しくなりつつある頃、大阪府八尾市周辺の八尾空港を根拠地とするある航空機使用事業の運行部長から一本の電話があった。

「こんにちは、大地さん。私は、あなたの航空学生の四年先輩にあたる山野と申します。もし、よろしければ弊社で是非お手伝い頂けませんか？　私の後任を探しています。近々、食事でもお付き合いくださいよ」

運行管理の後継者を求めており、私の資格と経験を含めた求職中の情報を入手したという。事業用操縦士、定期運送用操縦士（旅客機機長）に加え、操縦教育証明（免許取得教習の教官）資格が会社の事業に有為に働くとのことだ。

大先輩と私の先方への紹介の労を取ってくれた一期後輩の荻野君を含めて、神戸・三宮での食事の機会に業界の実情も十分に窺えた。実に有り難い誘いであるが、今の時点では私は別な道を歩もうとしているために丁重にお断りすることにした。真意は、報酬を含めて後ろ髪を引かれるほどの職であるが、結局は何年か食い繋ぐだけで平行線を歩み、年月を重ねることになり後の望みがなくなる。学位取得、教職への宿願は「今」を外しては永遠に実現しないのだ。

この貴重な仕事への誘いこそは、私に大きな心の余裕を与えてくれた。家族の生活が脅かされる時は、これらの資格と経験が必ず救ってくれる。その時は家を離れて、休学期間を一介のパイロットとして空の仕事に戻っても、目標の大学と教職は諦めない。努力して取得した操縦資格が「保険」となってくれる。

この一本の電話によって、真摯に考えた法務省下の更正任務はお断りし、私は目標に向かって行動を開始した。

私が退官した時期に、関西外国語大学四年生在学中の長女が就職活動中であり、早くに内定していた企業を辞退した。私の自衛官としての生き様に感動するところがあって、航空自衛官になりたいという気持ちが込み上げてきたという。入隊二年後に三等空曹の階級に就く『一般曹候補学生』での女性枠に合格でき、航空交通管制官を目指したいと語ってくれた。できることなら娘の管制で空を飛んでみたかった。

娘は、私が外務省在ロサンゼルス総領事館に赴任する際に家族で渡米し、現地の公立の小学一年に編入して英語の世界に飛び込んだ。私たち夫婦が教える平仮名と漢字と併行して、初めての英語で学び、遊び、一年後には表彰されるまでに学力も付き、二年次の文化祭の演劇『白雪姫（Snow White）』では主役を演じていた。

あの米国生活が子供の成長に良い結果をもたらしたのなら意味があったと思いたいが、その後の子供たちの大切な時期に次々と重なる単身赴任により側にいてやれなかった自分を悔いることがある。

晩学への挑戦

帰郷して一年後の春、努力は私を裏切らず、本命の神戸市外国語大学英米学科に合格した。

喜んでくれた母親の、

「あんたにやっと幸せがやってきたように思えるよ！」

この言葉に驚いた。受験生から航空自衛官への進路を選んだ私に対する正直な気持ちが、それほど大学に進んで欲しかったのかと、今はっきりとわかった。息子の学歴に重きを置き、将来の発展を願って、ただ一筋に学業に勤しんで欲しかったということだ。受験浪人をして戦前の高等教育を受けた人であっただけに、子供達の進路への思いは強いものであったに違いない。

通学が始まり、生活の糧にと、大手予備校や家庭教師派遣会社に登録して受験生を教えた。時給は思いの外高く、これらの講師としての仕事は、卒業後に教師を目指す私には教育実践の糧にもなった。担当の受験生が志望校に合格した時の喜びは格別で、高校教師への動機が更に湧き上がった。
三年目からはゼミを取り、教授を囲んでアメリカ文学を原文で読み続けた。四年目に入って、N・ホーソンの作品を選んで更に読み続け、『スカーレットレター（緋文字）』に絞って卒業論文を仕上げた。最後の一年の原文読書と論文作成は、半生でも至福の時間だった。還暦を迎えてこれほど作家と作品の歴史的、社会的考察に没頭し、書店に入り浸った楽しい時期の訪れは、社会人時代に通信制大学での孤独な学習の経験があったからこそ味わえたものだったのかも知れない。通信制大学はスクーリング（面接授業）出席単位の不足で成就できずに終わったが。

大学生として過ごした期間を振り返って、是非、大学生に対しても講義したいと思うようになり、卒業論文研究と並行した対策勉強で、私は母校の大学院英語教育学修士課程にも入学できた。教職と併行した大学院の授業と研究生活でまた二年が経ち、『学習者自律を培う学びのあり方（邦名）』をタイトルにした研究テーマは後の教職での自分の軸心となった。

蟻地獄

時計の針を戻そう。念願の英語科教員免許状を取得し、大学卒業後に県内に所在する中高一貫の私立学院に英語科教諭として採用された。

教師としての職歴は新米であっても、職責は一切軽減されることはない。週に十八時間の授業の他に、学級副担任、剣道部副顧問、入試・広報部員、学校新聞編集・出版と忙しい毎日が続いた。

更にもう一つ、「国際交流（留学）」という新規の分掌が私に与えられた。まだ海外に姉妹校が提携されておらず、新任の私が校長に随伴してその候補に上がっていた米国アリゾナ州の同じカトリック系のセント・ジョセフ・ハイスクールを訪問して相互間の交換留学制度を立ち上げた。

当面は当校から三人の生徒を先方に一年間送るということで、生徒を募集して引率し、彼女たちは九月からの米国での高校二年生が始まった。当校からの三人の女子生徒は順調に学校と家庭での活動や生活を楽しんでいるように私には思えた。

三カ月が過ぎた頃、一人の生徒の保護者から連絡があった。

「娘は先方の家庭とうまくいっておらず苦しんでいるので、ホストファミリーを替えてください」

私はまず生徒本人に連絡をとって聞いてみると、同校に通うお嬢さんとうまくいかなくなり、辛い毎日だと言うが、どうしても具体的な問題には触れない。先方の教頭先生に連絡して状況を話して確認してもらうが、ファミリー側は何の問題もなくうまくいっていると言う。

この生徒は比較的裕福な家庭の出身で、当校在学中も気ままで生徒間でもトラブルはあった。後に知ったその一つの例に、

「お腹が空いていたので友だちのカバンからパンを一個黙って出して食べたけど、誰にでもあることじゃない？　何が悪いの？　返せば、お金を払えば済むことじゃない？」

との認識であったという。人格形成を一番大きな目的とし、本人が熱望したことからこの留学生に選抜した。外国籍ではあるが当校の生徒は皆等しく選抜する。この事例に関しては一貫した環境での生活で、本質的な問題を見つめて、その改善を図ることが大切と考えたのだ。

私は校長に諸状況を話して、人格形成上、生徒親子にこのまま留まる努力を今一度させたいことを添えたが、校長は、

「辛い生活を強いることは良くないので、先方校にホストファミリーを替えてもらうようにお願いすることです」

と指導された。この指示に沿って先方教頭と調整するが、

「具体的な問題が見当たらず、ファミリーも生徒の滞在を希望し、人格形成に今の気持ちの整理が一番大事な時期ではないのか。しかも、条件を満たす別なファミリーを探しても直ぐに見つかるとも限らず、更に良い関係が望めるとも限らない。責任を持って生徒を預かっている以上、任せて欲しい」

という返答だった。

生徒と保護者の苦悩は、日を追って激しくなった。先方校の言い分をまる呑みするわけではないが、生徒を育成する点でよく理解できる上、信頼できる姉妹校であり、何とか原因となる問題を探りたい。国際電話で連日のように真摯に会話を交わした。

私は教師として生徒の葛藤を親身に手助けしたい一心で歩み寄り真相を求めたところ、先方の娘さんとお金のトラブルがあったことまではわかったが、それ以上はどうしても聞き出すことができなかった。説明できないということから当校に在籍中の級友とのトラブルの一件を思い起こした。金銭であれば以後の信頼関係にも大きく響き、居心地は最悪だろう。

この情報を知っても校長は、

「保護者からの訴えで裁判沙汰にでもなったらどうするのですか！　早く替えてもらいなさい！」

と主張された。依然として具体的な不具合を語ってくれない保護者が、直接校長室に入るのを二度目撃した。

事態の最善の解決に向けて私は米国への出張を上申した。

「絶対に負けてはいけませんよ！　必ず良い結果を出してください。待っています」

という校長からの強い指示を受け、私は単身で先方校を訪問した。


現地校では、ホストファミリー夫婦と当該生徒、先方校の校長、教頭、私が集まって状況を確認し合った。議長の教頭は、まず私に訪問の目的と伝えたい内容を話すように話を振った。

生徒、保護者の要望と、校長の配慮と意思を伝え、ホストファミリーの入れ替えを強くお願いした。更に、この信頼できる姉妹校関係の存続希望も伝えた。

次に、最も核心となる当校留学生に、問題となる事情を聞かれた。

「はっきりと言うことができませんが、ファミリーはできたら替えて欲しいと言いました」

当該ファミリーを前にして正直な訴えをさせることは厳しいことではあるが、米国ではこれが大切だ。そして事前にはっきりと、正直に話すように指導もした。

先方教頭から、

「ファミリーを替えて欲しいと言った？　今はどうなのですか？」

「今も同じです」

「では何が問題なのですか？　はっきりと言わなければこのままになりますよ」

「そのようにお願いし続けて来ました」

この大切な会議の席上でも、生徒は理由を発言しなかった。いや、できなかった。長期滞在のお客さんのように、公の場で日本側の教師がお願いすれば必ず実現するものと思っている節があった。

教頭はファミリーに発言を促した。

「私たちはわが子とまったく同じように、可愛がって生活をしています。もう、滞在期間の半分が過ぎましたが、残りの期間もいてもらいたい。娘も同じ気持ちです。もう直ぐクリスマス、私たちはこの子を寒空に放すつもりはありません」

ホストファミリーの父親は、そう断言された。

因みにこのホストファミリーの募集は、一年間の滞在は無償であるという条件を相互前提としている。その上で、このような心のこもった歓迎をしてもらっている。個性を考慮した適切なホストファミリーを指定することは、今後とも決して容易ではない。

担当であり、議長である教頭は、

「以上の発言から、本校としては良いホストファミリーを選定した自信があり、このまま預かってもらうことが最善の方法と考えます。ミスター オオチ、ご意見を」

「当方としては変わらず新しいホストファミリーを探すご努力を是非お願いします。一方で、ファミリーの尊いお気持ちも貴校側のご意思も聞けて成果がありました。この会議の内容を持ち帰って、管理者に報告します」

本件内容を含めて、学校と保護者で再検討する必要性を察した上での私の答弁だったため、厳しい叱責を買うことは必至だとも覚悟した。

「わかりました。貴校のご意見を待ちます。そして私からも理事長先生に早急に書簡を送る予定です」

という校長の締めの言葉で閉会した。


翌日の日付で帰校し、校長に会議での経緯を詳細に報告した。校長は大きな声と興奮した口調で、

「一体、何をしにアメリカまで出張させたと思っているんですか！　私は絶対に結論に導くよう強く言ったでしょう。保護者から告訴されるでしょう。あなたは学校がどうなってもいいんですね！」

それだけ言って場を去られた。

私は、学校が更に発展し、生徒が広く大きくその人格が形成されることを願って、管理職の決心を仰いでいる。一方的に、強行的に当方の希望で事を覆すことは簡単なことであるが、その場合はこの一件をもって生徒の学びと生活の根拠地は宙に浮き、結んだばかりの姉妹校関係がどのようになるかは明白だ。しかも生徒親子の意識がこのままで、今以上に幸せな留学生活が、その後の人生が送れるだろうか。

先方校及び保護者への学校の方針についての連絡には何の指導も貰えず、管理職からも一貫して担当で処理するようにとしか言われなかった。そして保護者への報告と説明には、火がついたような大声で罵声が返った。

「校長先生には必ず結果を出すと言われ期待していたのに、何ということなんですか！　娘が手首でも切ったらどうしてくれる！　お前に責任が取れるんか！　それが教師のやることか！　ふざけるな！　絶対に赦さんからな！」

連日、昼夜構わず父親からのこの口調の電話の度に、職員室は静まり返り息を呑んだ。始業チャイムが鳴っても、

「電話は切るな！　逃げるな！」

授業は妨げられ、夜は携帯電話で眠りを妨げられた。

この件は多くの業務の中の一件で、容赦なく広報の作業や学校新聞の取材と編集で下校は夜の九時、十時になる。大学院との中間点に位置する神戸元町に間借りしたワンルーム

に帰って、それから翌日の授業準備をする。私はチクチク刺すような酷い腹痛で眠れず、内科医に胃の複数の潰瘍を指摘され、対処薬と誘眠剤も処方された。

この学校と留学担当に身を置いたことには後悔はない。自分の判断や意識は教員としての常識から離れてしまっているのだろうか。また子を持つ親の気持ちを忘れてしまっているかが酷く心配になるが、一つの解決法としては間違ってはいないという自負があった。自分を救うのはもう一人の逞しい自分しかいない。今を生きることこそ私の信条だった。

姉妹校との交換留学制度も私の当校での教職も二年も経たずに終わりに近いことを覚悟した。このまま学校を追われるなら諦めもつくが、おそらく法廷が控えている。それよりも、この件についての最後のボールは当校が握っており、必ず投げ返さなければならないのだ。

高い可能性として、もともとからの上司の指示通りに強行的にホストファミリーを替えるよう先方に最終的に伝達することになる。その予鈴は既に先方に出した。しかし、敬虔なカトリック教徒の現ファミリーは、預かった大切な娘を路頭に迷わせるようなことはしないと断言した。子供同士に何があっても赦し合い、改めようとしており、人生最良の学びの空間を提供している。

今、私にできることは、最悪の事態に備えて、既知の複数の大手旅行会社のネットワークを通じて、最寄りの地域のホストファミリーに当たりをつけ、有償であるが四件を選び参考にと優先序列も付けてリストアップしておいた。

米国出張から二週間が過ぎた頃、理事長室へ呼ばれた。

廊下を歩き、階段を下りながら、事態は最悪の方向に向かっていることしか考えられず、身構えた。保護者からの訴えで法的な解決手段へ向かうか、或いは指示、命令に意見を述べて事態を複雑にさせた自分に人事的な制裁が下されるか、その何れかしかない。

「学校が救われるというなら免職でも構わない。自分には正しいと思えることを精一杯やった。上司の指示には決して不服従や反抗をしていない。担当教員として、最善と考える意見を具申したまでだ」

入室前にそう再度自分に言い聞かせて離職を覚悟した。

二回ノックをして、

「大地、失礼します」

「はい。先生、お入りください」

丁寧で、静かな神父の声が聞こえた。最後のお説教になる気配がした。明日以降の私の人生に幸せが来るように胸で十字架をきっていただくことになるのだろう。

私を優しく、威厳のある眼差しで見つめながら、神父は厳しい表情と口調で、

「校長にも強く指導しましたが、本校と姉妹校の間で交わされた好意的なホームステイをはじめ、すべてのプログラムに身勝手な不平、不満を述べる生徒、保護者がいれば、即刻に留学を中止し帰国させます。今回のケースも同様です。留学を続けたければ今のホストファミリーにそのまま預かってもらいます。私は先方の所見を待ちながら事態を見守っていました。

大地先生、君の仕事ぶりはよく知っているのでじっと見守ることができました。心配ないよ。ご苦労さんだったね。

先方の校長先生からは、平素からの君の仕事の姿勢を高く評価され、先生のお陰で姉妹校関係が繋がったのも同然だと言って来られた。学校を救ってくれて本当にありがとう。これからもどうぞよろしく頼みますよ」

先方のご配慮で姉妹校関係が続くことと、立派なホストファミリーに恵まれたこと、理事長のこの英断が嬉しかった。しかし、米国からの親書次第ではどのように展開したのか、今さらのように恐ろしくなった。たった今解決の方向がはっきりと見えた安堵感や苦心の報いのようなものを感じる受け皿はもはや自分にはなかった。一貫した指揮管理面の脆い梯子まで外され一人蟻地獄に沈んでいく過程では、周囲の英語科教師たちも深刻な事態から身を引いていくのは無理もない。一匹狼となっても教師として、元武士として任務だけは果たさなければならなかった。

この留学制度が軌道に乗り、適材の後任者ができた翌年度末に、私はこの初任校を退職した。高齢でもあり再就職するにも教師採用枠はどれほど狭くなっているかは承知していたが、私には振り出しから再挑戦しても求めたい環境があった。急務となった老いた母の介護のためにも地元での時間講師を視野に入れなければならなかった。

大きくなりたい

自分をもっと大きく変えたい。

私の晩学では基礎的な問題の解決と、本質の追求というものを学問として体験したに過ぎない。教職という第二の人生の切符を手にできたことには意義があったが、自身が変わったとは思えない。また、

「もし、もっと若い日に学業を成就しておけば、学歴意識に代わる自尊心とともに知的基盤の裾野が広がり、異なった可能性を持ったかも知れない」

とも振り返るが、私の歩んだ実社会で学んだことはそれとは別なより深いもので貴重だった。実学の厳しさを先に体験してしまった自分には、感動的な発見は思い出せなかった。

ただ、学生と教授という一対一の立場で真摯に向かい合ってゼミと論文研究に没頭して明

け暮れた充実した日々とご恩は決して忘れない。

『学歴（Academic Backgroundという意味で）』が必要か否かは本人の価値観、世界観の問題で、社会に出て何をしたいかがまず重要だろう。また、そこでは社会的なポストに見合った教養や人間力が必要とされ、それ（学歴）だけがものをいう話でもない。残念ながらこの問題には、自分の学歴を持たなかった立場からのみ述べることになってしまい、自分には身近な概念とは思えない。

若い時の進路選択では、その学歴の面で葛藤しながらも譲れない職業の選択を優先したが、幸い生涯を通じて職業パイロットの適性と資格を保持できて道も開かれ、多様な世界に触れることができたことは、私には二重の幸運だったとしか言えない。ただし、『幸運』というものは、航空学生という制度に出会えた好機に自分の払った苦渋の決断とその後の細やかな努力が合わさったものであり、「棚からぼた餅」とは別物だ。

現実的には、外務の世界や同盟国との職務を通じた交流で本人を表す履歴（学歴）上の問題が浮き彫りにされた。私自身が幾つかの人事扱いで痛感したように、一種の劣等感と後悔から自身に価値を求めては建設的な目標追求に走ったのが後半の人生だった。その結果として別な大きな世界を旅することもできた。

敢えて本心を加えるなら、貴重な長い人生を歩む時、諸環境が許せば、そして本人の向学心と必要な学力が伴えば、高い学府での学びは人生航路の選択肢と進展の可能性を広め高めてくれるだろう。この点では、受験期の若い時期の一年や二年は、進学を視野に入れて長い人生での自身の可能性を追求することも良策であるかと思う。また、目指した職業人となった後にこそ、自分を磨くことに焦点を当てた学びの姿勢は必要だと思う。長いようで短い、またその逆の職業人生で何をやりたいか、より高い目標を持って有用な資格取得も含めてそこに挑戦することが大切ではないかと、自身の反省と後悔も込めて述べたいだけだ。

私の学びは内面の小さな太陽でしかないが、不足な多くの面を照らし続け、自己研鑽という形で幸い生涯自分とともにあった。その習慣から生徒一人ひとりの個性を尊重でき、生き甲斐を持って逞しく生きる力をお互いに授け合うのが私の姿勢になった。学びの場を大切にし、世論や偏った思想に支配されず、不条理に抗って生きる力の交換の泉にもしたい。更に、社会的な和を求めることにのみ傾かず、自分の正しいと思うものを持てる人に育って欲しい。何れ独学や研究ができる学問の基礎を築き、知識を知恵や教養にするアカデミックな世界を師弟一丸となって築きたい。

初めて教職についてから七年が経ち、再就職した郷里の姫路城内堀に近い名門の中・高一貫女子学院で講師として教鞭を執っている。その講座の一つに、薬学部受験特化コースの生徒に対して「入試英語長文」という課目を教え、医学、歯学、薬学関係を含む、自然科学系の馴染みの薄い背景内容の教材が指定されている。生徒の目標の薬剤師となる大学薬学部への合格に必ず導いてやらなければならない。

生徒が苦しんで弱音を吐けば、自分も国家試験に合格して、ある職務に就いた社会人出身であり、資格の有用性を話して励ます。必然的に授業は厳しくなりながらも、女性としての将来の幸せも多くあって欲しいと願って人格を大切に、学力の個人差は大きくても指導姿勢は公平に、個性にも焦点を当て優しく指導する。一生懸命に取り組んでくれる子供たちには最善を尽くしてやりたい。

学年末が近づき、最後の授業が終わったと同時に、生徒たちは教卓に集まり、めいめいにお礼とお別れの言葉を述べてくれた。

贈られた寄せ書きには嬉しい言葉が綴られていた。

「大地先生の毎回の授業を受けるのが楽しみでした。英語を学ぶことで自分の世界が広がることを感じました。これからも先生との授業を思い出して努力します」

「英語を教えてもらえて幸せでした。質問したら褒めてくれましたね。もっとお話ししたかったので会えなくなるのは寂しいです。挫けそうになった時は大地先生を思い出して頑張ります」

「毎回、真剣に教えてくださる姿が素敵でした。私たちのことをよく考えて、思ってくれている先生だなと思いました。教えてもらった多くのことを生かして頑張ります」

最後の授業のあとで

姫路市の中・高一貫校にて

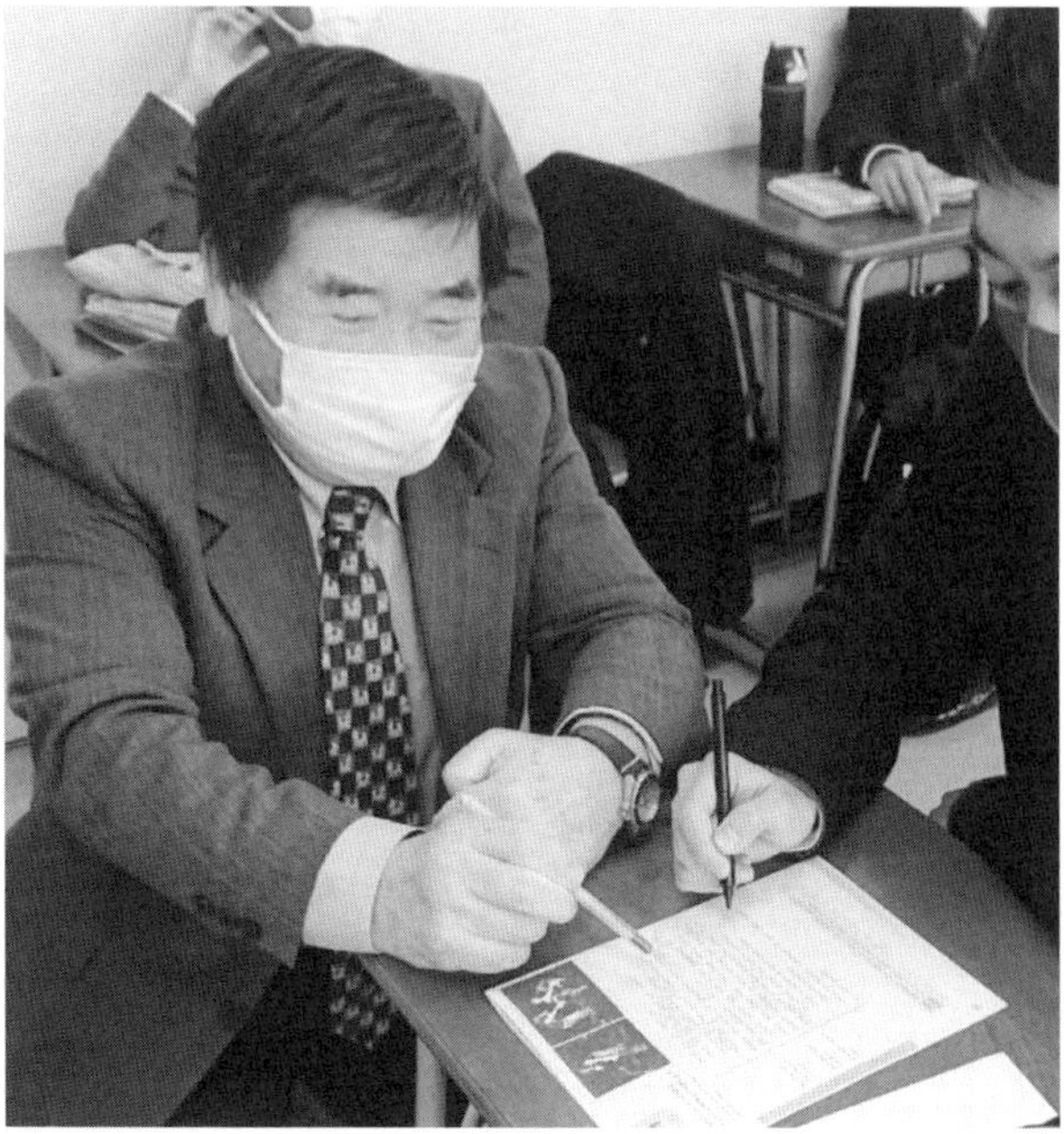

英語の授業

生徒たちは、私の前職は何で、何に取り組んできたかをまったく知らない。その姿勢から想像を巡らせていた時があったが、詮索もしなくなっていた。白紙の状態で私を見て、どのように捉えてくれるかを知りたかったというのが本音だった。

しかし、「好きな進路に進める喜び」は熱く、師弟一体となって抱いてきた。

また、生徒にも恵まれて自分の授業姿勢に僅かな自信も持てるようになった。

探し求めてきた『文武』というダルマに一つ目を入れようか。そして両目を入れるまで、生かせていただける限り学ぶことにしよう。

両目が入らないのには、もう一つ解決し、償わなければならない大事なことがあったからだ。このままでは心静かに生涯を送れるようには思えず、以前にも増して心が騒めいてならない。

敵は何処に

過去の想いというものは忘れ去ることは難しく、そうしようとすれば逆に鮮明に蘇ってくる。私には多くの恩を受けてきたのに対し、結果として仇で返すような非礼があったことが浮かび、加齢とともに悔やまれるのだ。その原因の一つは、前職の半生を通じて絶えず私が意識し続けた学派（防衛大学校、一般大学出身者）へのライバル感情だ。

皮肉なことに、空自の操縦職域では、私の出身である航空学生と学派に大別され、理想的な上下左右の関係の中でさえ相互に譲れないものを秘めて勤務していた。この根深い想いは前職の勤務で終わるものと考えたことから、定年退官までの時間の解決を待ち、また退官後に肩に軽さを感じたことで完全に解決を見たはずだった。しかし、個別の人間関係への後悔と無念さは消えてはいなかった。例えの話に、好意を持った大切な異性との関係である嫉妬に取りつかれて誤解を生み、それが原因で惜別したとする時、過去のこととして忘れようとするだけでなく虚しい代償に見合う教訓を得たいものだ。そうでなければただ心の傷となって残り、また次の人生でも繰り返す。これをどのように解決するかが私の最重要課題だった。

告白しなければならない。

私の高校生時代の目標はある国立の大学校だった。その『防衛大学校』に進学することは、命と同じくらいに大事に育てた夢だった。両親への負担を深刻に捉え、文武両道を行く戦闘機パイロットを目指したい私には、絶対唯一の大目標だった。それが叶わなかったことによる敗北感、学派への敬意と裏返しの嫉妬、そのコンプレックスに等しい強さのバネを半生押し続けるという隠れた代償は清算されることはなかった。何事も往生際というものがあるが、あの大学受験は後悔の極みで、禍根を残した。

学閥を過意識し、上司の愛情と熱意溢れるご指導にも嫉妬して背いた上級幹部自衛官への登用課程受験のあの頃、部下を学閥に関係なく等しく分け隔てなく指導するのは上司として当然なことであるのに気付かない「愚行」を私は犯してしまった。むしろ、学閥にない部下が自らを慕い、期待に応えてくれるほど嬉しいことはない。寄り添って、目を細めて期待して頂いたあの上司のご指導から、ある出来事での嫉妬で離れた私は、自分が部下を持って、また教師として生徒に対する親心を持って、そして学府が通過点に過ぎないことを晩学で知って、今初めてそれに気付いた。まさに自分本位な後悔や嫉妬心が偉大な恩人に取り返しのつかない無礼を働いたことに対する大罪は何物に代えても償えない。一体、何がそうさせてしまったのか。(「第六章　左遷」冒頭参照)

『敵』はすべて自分の中に潜んでいるのは確かだ。それなら自分自身に偽らず、問題の本質に取り組むことでしか解決できない。私はこの敵と正面から対峙してきたのだろうか?学派でなかった自分に『文』への付加価値を築こうと外務省へ、退官後も大学、大学院、教職へと、宿願を果たしたいという挑戦もその一つだった。しかし、これらは自分に潜んだ敵との最終の戦いではなく、単に自己実現の一つという序盤戦でしかなかった。

若い時の進路選択を航空学生に決定してから私の心の底で宿り続けていた学歴意識と受験生時代への後悔が尾を引き、各省庁のキャリアと肩を並べて執務するにつれて確実に栄転する彼らを横目に嫉妬もした。その挙句に自分自身に加え、人の姿さえ正しく見えないほど眼力も毒され、葬り去ることができない手強い敵に翻弄され続けた。

自分は人に恥じることなく自身の責任において生きている主人公なのだ。まさに『アイハヴ コントロール！（パイロットの操縦席でのやり取りで多用される最も重要な号令で、「私が操縦を担当する」という一大責任の所在を表す）』の状態にあり、唯一無二の存在だ。ずばり『自分らしく生きているか』の実質的な問い掛けであり、もはや回答に後はない。卑しくも自分の人生を一時でも他人に主人公を演じさせて、比較し平伏するようなことはなかった。

これまでの私は、念願の『ファイター』として一貫して務めることができ、生かされている誇りと喜びが十分に感じられた。それは、授かった心身の適性と天命によって空自に『航空学生』として入校し、その母校で自分の人生の大切な武士の基礎が築かれた賜物だという考えに辿り着けたことに他ならないのだ。

今ここで、防衛大学校出身の諸氏が知と情に溢れた立派な上司、同僚であり、文武両道の良いモデルとライバルであったことで今の自分が存在すること、高い理想を抱いたこの上ないメンター（教導者）に恵まれた自分は幸せ者であったのだと気付いた。

このように捉えることによって、歴史的にも存在した航空士官制度を継いだA（航空学生）、B（防大）の二様の任用制度にも納得し、理解することで自分の敵は消え、逆にすべてが強い味方になった。立派な指導者とライバルと仲間が存在したからこそ幸せが訪れたのだ。そして、あの時の熱いご指導に自らの身勝手な嫉妬により背いた上司には、今ここで謝罪し、これからも謙虚に省みることで必ずご恩を返そう。上位派閥を嫉妬するのではなく、職責とご努力を評価し、ご指導を戴いていることに深い感謝を抱こう。

四十歳を過ぎたばかりの頃に二佐という階級に昇任以来、「何れはもう一つの昇任を」と、この虚栄の大敵を心の片隅に求めてしまっていた自分からそれも遠ざかり、挫折という深い代償だけを残した。その度に身の丈を知り、同時に謙虚に生きようとしてきたつもりが、暗く寒い冬が終われば麗らかな陽光を浴び続け、一枚の桜に溺れた。謙虚と尊大の仮面を都合よく付け替えていたに過ぎない。身に覚えのある「欲と尊大」のモンスターを捨て去ることは、私にはこれからもきっと難しいことだろう。

「謙虚」な面を振り返れば、この半生の一つ一つの過程で僅かなご褒美として戴いた小さな『幸せ』だけは生涯自分と共にあり、決して失うことはない。それは何だったのだろう。『生き甲斐』を覚えるひと時こそ幸せを実感した。自分にでき、好きで得意な、人の役に立てる使命を持てることがその時ではなかったのだろうか。それがどんなに小さなものでも、「今」を精一杯、謙虚に生きる時にこそ与えられた。そして、宿った能力を制限されず、発揮できるような環境に自らの意思で身を置いた時だった。私にとっての生き抜く糧は『生き甲斐』そのものだったのだ。

私の選んだ天職

私の選んだ第二の職業、高校教師は、試練の連続とその後の細やかな充実感が潤いだった。消費財を得る糧としての収入は、新卒の初任給に社会人時代の経験値を少し上乗せして頂き、そのすべてが晩学での学費と家族を含めた生活費に消えた。次に勤めた郷里の私立中・高一貫校での時間講師では少子化の影響もあり、クラス数が減少の一途で私の授業数は週に三コマ（ここでは三時間）という有様になった。授業単価に時間数を乗じた月収は僅少そのものでも、生徒の真剣さを思い浮かべては自分に鞭を打った。背に腹は代えられず、生き甲斐からも予備校講師と家庭教師で夜の顔も作ってきたが、仕事を求めることに奔走するのが実情で、家計の安定は知的、文化的活動に欠かせないものだと今更ながら実感した有様だ。

二〇一四（平成二十六）年、国の防衛関係では空自のF－4に代わる次期最新鋭機としてF－35Aステルス戦闘機（敵側レーダー波を吸収して自機の機影を暴露させない空の忍者）の国内でのライセンス生産に移行する段階にあった。生産を担当する業界大手のM重工業では、まず生産ラインを作り上げる施設環境から開始するため、原型メーカーの米国ロッキード・マーチン社との綿密な交渉と連携が必要となっていた。

F1パイロットで航空団の指揮官を務め、栄えあるM重工傘下に顧問として再就職した私の同期生の出世頭、伊庭から朗報と取れる電話が入った。

「実は、うちでやるF－35の特許生産関連で、先方メーカーとの間で調整手段の英語力を前提条件に臨時要員を一人社外から求めることになった。是非お前がそれに応募したらどうかと。後のことは俺ができる限りの尽力はする。お前をよく知っているうち（M社）のテストパイロットも強く推してくれるぞ」

何という嬉しい情報なのだ。東京での同期会で近況をお互いに話し合ったことでの、私への助け船という気持ちが入っているのはよくわかるし、その気持ちにこそ私は感謝し、貢献したいという熱いものが火山の噴火のように沸き起こってきた。善は急げと、私の好反応により早速に彼は総務人事担当に繋ぎ、先方からは審査のための定型履歴書など関連手続に必要な書類が送られてては返した。状況は次第に現実化を帯びて愛知県小牧市を根拠地とするための社宅や報酬額、米国R・M社への頻繁な出張を含めた勤務形態の仮提示までがあっという間に進められた。

先方の提示した諸条件や任務内容に私には何一つ不満な点があるはずがなく、むしろ仮に提示された優遇さに鳥肌さえ立った。誰にも弱音を吐けない縮小する一方の生活環境が改善される上に、航空自衛官を十年前に定年退職してその方面には縁遠くなり、六十五歳になった私には青天の霹靂という故事がぴったりの心境だった。現時点では未だ確定したことではないものの、先方には急務であることが如実に窺え、また産業面から国防を支えるという任務はOBにとっては魅力だった。大きな回り道をしたかも知れないが、今回の採用前提にもあったと思われる学位を含め、語学資格や公務海外勤務歴を振り返れば、人生には無駄というものはないということだ。

これまでの自分の旅路を振り返りながら、目を閉じてこの転職とその後の行き先を冷静に考えてみなければならない。その選択結果に満足でき、生涯を飾る生き甲斐にも繋げたい。自分が経験して得た大切なものは何だったかを寝床に入ってからも振り返った。

私は今、左右に走る通路の中間点にいる。右側には、狭く暗い廊下が続く先に淡い明りが漏れる高校の教室がある。左側には誘導路が接続する、朝日の照り込む大きな格納庫の扉が開いており、そこには量産原型モデルのF－35Aステルス戦闘機が機首をこちらに向

F-35Aステルス戦闘機

けて私を招いてくれている。

何れの方向が自分らしい生き方なのか。双方ともに自分らしく、生き甲斐のある最終と捉えるべき職務だ。考えすぎてはいけないものもある。過去の経験と技能を駆使しつつ、自分の置かれた現実の生活環境を改善することは人間として自然なことだ。努力で育んだスキルを活用して再び社会に尽くして、有意義に生きることは許された権利ではないのか。

今こそ、何れかの道に決定しなければならない。私は、明るい日差しの左側を向き、ごく近年にわが国の自由と安全を護る抑止力の要となるこのF‐35と、同期生の温かい友情に感謝を込め、深い前傾姿勢で当事業の成功と雄飛を祈った。

廊下を右に下った教室の外では、委員長の女生徒一人が私を迎えるためにこちらを向いて微笑みながらお辞儀をした。私はハッとし、またも食べるために生きようとした自分に気付いた。子供の頃に習った、「生きるために食べよ」は、私には黄金律だった。

どの道が自分らしく生きることになるのか。

視線を上げた私は、左手に教科書と辞書を、右手にはノートパソコンを握りしめて大股に暗い廊下を右に歩き始めた。自分には、社会に貢献する将来の大切な宝物を育てるという使命と誉れを授かっている。晩年になって公教育に携われる稀有な機会が与えられ、多くの愛すべき高校生に会い続けることに深い意義を覚え感謝してきた。これからの一時間、薄暗い廊下や教室は私自身が明るくし、生徒を楽しませよう。

改めて聞く始業チャイムのプライスレス（金銭に換えられないほど貴重）な音色はいつになく澄んで私の心に響き続けた。

（完）

あとがき

人生の約半分という長い年月を念願の近代戦闘機とともに生き、第二の人生もまた大きな渦の中で大切な未知の出来事や恩人と遭遇できた主人公は幸運な夢見人です。

私の選んだ文武両道の職業選択で湧き起こったパイロットの夢に運命の扉が開き、成人式を迎えた年にはジェット機で飛行するという人生が始まりました。定年退官に至るまで飛び続ける間に、宿願としていた外務省在外勤務（領事）も叶えられ、文官となって海外でも邦人を護ることができたことは誇りであり、その後の半生を方向付けたとも言えます。

後半の人生は高校教師として子供たちの英語指導に携わり、自衛官時代に燃え尽きた「武」に対して、もう一つの宿願のテーマでありました「文」のチャンスが与えられました。しかし、主人公の非才が故にそこでは地球の裏側に赴くほどの苦労が伴っても行き着けないのも事実です。またそれも、子供の将来を見据え、滅私奉公なくして務まるものではない、永遠のゴールだとわかりました。

古代ギリシャの剣闘士スパルタンのようなファイターとしての産湯で育った私には、「来世も教師を」と言えるほどの知性を、また、「来世もパイロットを」と言えるほどの適性を持っているかどうか、双方とも容易に到達できない職種だったかと推察します。だからこそ、猛進型の自分には葉隠れの心境で取り組むに値する天職だったとも言えるでしょう。

『生徒の夢が実現』するのが、ファイターの夢を叶えることができた私の夢となりました。社会の中で生かされていることに幸せを感じ、何千人もの子供に恵まれたことに感謝します。

民族間の歴史や主義、思想の狭い考えに捉われず、世界の未来を担う子供たちが平和で幸せに生きて欲しい。自分、自国を誇り、その上で他者、他国を尊重できるような人になって欲しいと願ってきました。

人が生まれ変わったら来世では……と誰もが思い浮かべますが、もし過去に生まれることができるなら……何よりこの国で、若いうちに学業に励み、過去の中国大陸に始まる大戦勃発を未然に防ぎ、平和な昭和初期を築く政策に働きかけたい。数百万の若者が大陸や太平洋の戦場に送られることなく、有為な人生を過ごされることを夢にだけでも見たい。自分の歩んだ進路の大先輩である数千人の航空兵は大戦中に、また末期には特別攻撃隊員として十死零生の死出の空海の旅にも立たれた。時代が求める国の護りを担った自分が平和の下に長く生かされ、味わい深い人生を与えられたことの先達への感謝として過去にも遡り、平和な未来への橋渡しを是非夢に見たい。戦争は政治の延長上にあることを銘記して次は政策に関われる夢を。このように考えてしまうのです。

また、ある日の夜、高校時代の校庭上空を低く通り過ぎた二機のジェット戦闘機の逞しい姿を思い浮かべて静かに目を閉じました。

眠りの中の夢は、抱き続けた生涯の信条である、

『NO GUTS NO GLORY（闘魂なくして栄光なし）』

を胸に、ジェットを駆って懐かしい、心の故郷である大空へ高く昇っていった。

死に神の誘いから幾度も護られたあの天女に、良い人生が送れた感謝と報告をしたい。

天女が囁かれた。

「人間らしく生きたい、大きな愛を子供に捧げ続けたいと願ってきた秀則よ、勇気を持って国と人を護った英雄たちの分まで生きる責任があるんだよ。これからいつまでも護るものはお前が信じてきた大切なもの。人は何のために生きるのか——」というものでした。

文と武の二つの世界で共通して接したことは、「人は何のために生きるのか」という一番の主題です。それは「自分のためだけに生きるのではない」、と直言できるかも知れま

せん。また、自は死しても「他者のために」という局面も実際に、身近にあり得ることを知りました。

前者は、伴侶や子を持つ人々、務めを持つ社会人にも共通するものでしょう。

後者は、空自及び陸・海自衛隊パイロットたちの殉職の大半が自らの生命と引き換えに尊い市民の生命を護った結果であったことなど、天女のお告げにもあったように、他者のために自分らしく生きてこそ自己実現と捉えるに至りました。天女は私が慕った祖母であり、父であり、希望と勇気の化身だったのでしょう。

最後に、本著の出版に、その機会と編集に多大なご支援を賜りました文芸社阿部様、原田様に深く感謝の意を表します。

令和五年初春　　筆者　拝

著者プロフィール

大地 秀則（おおち ひでのり）

1949年兵庫県姫路市生まれ
航空自衛隊第25期航空学生として入隊
F-86F、F-104J、F-4EJ戦闘機パイロットの道を進む
外務省に出向し、在ロサンゼルス領事を拝命
復帰後も情報、教育、渉外官などの幕僚を兼ねた管理パイロットとして、総飛行時間4440.9時間を記録
イラク戦争後の自衛隊人道・復興支援として、カタール国への派遣を最後の任務として退官
１等空佐
神戸市外国語大学英米学科卒
同大学院修士課程を経て私立高等学校の英語科教師として2021年度末まで勤務
その後は塾講師を勤める
2022年度春の叙勲にて天皇陛下より『瑞宝双光章』受章

パイロット領事 ―祖国を、邦人を護れ―

2023年３月15日　初版第１刷発行

著　者　大地 秀則
発行者　瓜谷 綱延
発行所　株式会社文芸社
〒160-0022　東京都新宿区新宿１－10－１
電話　03-5369-3060（代表）
03-5369-2299（販売）

印刷所　図書印刷株式会社

ISBN978-4-286-29095-9